DARIA BUNKO

純白オメガに初恋プロポーズ

若月京子

ILLUSTRATION 明神 翼

ILLUSTRATION
明神 翼

CONTENTS

この作品はフィクションです。

実在の人物・団体・事件などに一切関係ありません。

純白オメガに初恋プロポーズ

★　★　★

天野悠希《あまのゆうき》は二十歳《はたち》。両親や祖父母がすべてベータという、ごく一般的なベータ家系から、突然変異的に生まれたオメガだ。

これは、今やとても珍しい。オメガの始まりがベータなのは広く知られているが、それはもう遥か昔の話だ。オメガの数がずいぶんと増えてからというもの、オメガを産むのはオメガということになっている。

だから悠希のような突然変異のオメガは、五十年ほど生まれていない。

純粋なベータ家族からオメガが生まれるのは稀《まれ》であり、アルファとオメガから生まれたオメガと違って、ベータを産みやすいと言われていた。

何しろ、人類の大部分はベータで占められている。頂点に立つ容姿や知能、身体能力に秀でたアルファはほんの一握りしかいない。男性でも妊娠できる、妊娠に特化したオメガはアルファよりさらに少ない。アルファもオメガもベータから派生した属性なので、ベータ遺伝子より弱いというのが通説だった。

だから希少なアルファ女性は同じアルファ男性を求めるし、アルファ男性は妊娠しにくいアルファ女性より、妊娠しやすいオメガと結婚したがる。富と権力を手に入れたアルファにとって、唯一の悩みは子供ができにくいということだからだ。

しかしあいにくとベータ家族から生まれた突然変異の悠希はベータ因子が極めて高いと思われ、オメガであるにもかかわらず敬遠されがちだった。

悠希は両親が二人とも医師をしている影響もあって、慶青《けいせい》大学の薬学部に通っている。

この日は薬学部の学生向けに、大手製薬会社の副社長の講演がある。就職先を決める参考になるかもしれないと、友人の川田《かわだ》と連れだって講堂に来ていた。

今はいい抑制剤があるので、オメガでも普通に仕事ができる。それでもやはり体力にはあまり自信がないので、引く手あまたで営業時間もきっちりしている薬局勤めがいいだろうと考え、薬学部を選んでいた。

それに、自分が飲んでいる抑制剤についてもきちんと知りたいと思ったのである。性格的に研究も嫌いではないので、製薬会社での仕事について聞ける機会はありがたかった。

単位に繋《つな》がらない、こういった講演はあまり人気がないものなのだが、この日はものすごい行列ができていた。おまけに、異様に女性率が高い。

「えっ、何これ」

「あー……講演をする副社長とやらがアルファで、いい男らしい。社長の息子《むすこ》でもあるから、玉の輿《こし》を狙ってるんじゃないか？」

「へぇ、そうなんだ。みんな、すごい情報網だなぁ……って、これ、入りきらないんじゃ……」

並ぶだけ無駄かもしれないなんて川田と話をしていると、大学の職員が来て、拡声器を使って言う。

『今日の講演は、薬学部の学生のみ聴講できます。入口で学生証をチェックしますので、薬学部の学生以外は列から外れてください』

「えーっ。何、それ」

「ケチくさーい」

「ちょっとーっ。ずっと並んでたのよ！」

あちこちからブーイングがあがったが、ダメなものはダメですと毅然《きぜん》とした態度だ。おかげで気合の入った格好をした女性たちがゾロゾロと列から抜けていって、三分の一くらいまで減ってしまう。

悠希たちは入口で学生証を見せ、中に入って空いている席に座った。

入口でもらったパンフレットには、講演の内容と、八神将宗《やがみまさむね》という人物のプロフィールが書いてある。

三十一歳で、八神製薬の副社長。いくつか博士号を持ち、薬学関係の論文はあちこちに取り上げられていて、悠希も教材として読んだことがある。幼等部からここに通い、卒業生だからということで講演を引き受けたらしい。

「三十一歳の若さで副社長かぁ……」

「御曹司《おんぞうし》かな？　ちょっと調べてみるか」

川田はスマホを取り出して、検索を始める。

「――ああ、やっぱりアルファの御曹司様だ。八神製薬社長の息子だってよ。……お？　すっごい迫力のある美形。薬学になんて興味のない女どもが講演に殺到したのも納得だ」

興味をそそられてスマホを見せてもらおうと思ったところで時間になったらしく、あと五分で講演を始めるというアナウンスが入る。飲食禁止、撮影禁止といった注意事項が流れた。

川田はリュックの中にスマホをしまうものの、そのまま手を突っ込んで検索の続きをしていた。

そして、この日の講師である八神将宗が登場する。

途端にあがる、キャーッという女性たちの高い歓声。悠希も一目見て、その男らしく美しい容姿に息を呑《の》んだ。

黒い髪に、深い海のような青い瞳。背が高く逞《たくま》しい体つきで、脚が長いからスーツがビシッと決まっている。完璧に整った容貌と相まって、近寄りがたい迫力を醸し出していた。

（格好いい……）

見るからにアルファと分かる雰囲気だが、日本人にはない青い瞳に悠希は首を傾《かし》げる。

「……ハーフ？」

思わず出た呟《つぶや》きを、川田に拾われる。

「いや、クォーターだってよ。祖母がイギリスの伯爵令嬢……マジか？　すごいな。文字どおり、別世界の人間だなー。いくつか売れ線の薬の開発を成功させたらしい。お飾りの坊ちゃん副社長じゃなくて、ずいぶんなやり手みたいだな」

「へぇ……」

その情報を聞きながらも、悠希はどこか上の空だ。自己紹介を始めた壇上の将宗から目が離せない。

アルファを見たのは初めてではない。オメガとして招待されたパーティーに何度か参加していて、何人ものアルファを見て、話もしている。

しかし両親ともにベータのオメガは人気がなくて、知られるとすぐに興味をなくされたり、見た目を気に入られて誘われても悠希のほうが惹《ひ》かれずに断わったり。何度か同じことが続いて、パーティーに出るのをやめた。

（アルファは確かに美形揃《ぞろ》いだけど、その中でも特別な気がする……）

慣れた様子で流暢《りゅうちょう》に話をしながらグルリと聴衆を見回した青い瞳と、視線が合ったような気がした。

「――――」

永遠に思える、一瞬。

その瞬間、途切れた将宗の話はすぐに再開されたものの、視線が合ったまま離れない。

悠希がドキドキしてその青い瞳に見入っていると、隣の女性が嬉しそうに言う。

「いや～ん。八神さんったら、私のこと見つめてる～」

（あ、そうだったのか……見られていたのは、隣の人だったんだ……）

自分を見ていると思うなんて自意識過剰だと、恥ずかしくなって下を向く。

もう将宗を見ることができなくて、俯《うつむ》いたままその深く耳触りのいい声に聴き入った。

（いい声だなぁ……）

ときおり我慢できなくなってチラリと将宗を見ると、バチリと目が合う。カーッと体が熱くなり、またすぐに俯いた。

（やっぱり、ボクのことを見てるような……）

嬉しいような、恥ずかしいような……悠希は初めての気持ちに落ち着かず、フワフワとした状態で講演を聞くことになった。

あまり内容が頭に入らないまま講演が終わり、ゾロゾロと外に出る。

「そんじゃ俺、デートだから！」

「はいはい。樋口《ひぐち》さんによろしく」

「おうっ」

浮かれた足取りで門へと急ぐ川田と違い、悠希の足はすぐ近くにある大学内のカフェテリアへと向かう。

なんだか頭がボーッとしているし、フワフワした気分が抜けないしで、少し落ち着かないとと思った。

コーヒーを買って店内を見回すが、中は人が多かったので外にある席でそれを飲む。

頭に思い浮かぶのは、将宗のことばかりだ。

(格好よかったなぁ……美形揃いのアルファの中でも、別格だった……)

頭脳や容姿、身体能力——すべてに秀でているアルファは、各界の成功者ばかりである。

将宗は八神製薬の御曹司で、祖母がイギリスの伯爵令嬢なんていう家柄で、アルファの中でも飛び抜けて魅力的だ。友人が言っていたとおり、別世界の人間という感じがする。

パーティーでたくさんのアルファに会ってきて、まったく心が動かなかった悠希でさえ、将宗と目が合って心臓が跳ね上がった。

熱くなった体から、まだ熱が引いていない気がする。

(あの、青い瞳が……)

思い出すとまた胸がドキドキして、顔が赤くなる。

(なんだろう……変な感じ……)

いつまで経《た》っても浮《うわ》ついた感覚が抜けない。これはなんだろうと思っていると、何やら強烈な視線を感じてそちらのほうに目をやった。

将宗が、こちらに向かって走ってくる。

「え……?」

ずっと将宗のことばかり考えていたから幻影でも見ているのかと思ったが、そんなわけがない。その証拠に、将宗の後ろには大学関係者と思《おぼ》しき人々と、女性たちがついてきていた。

「え？　え？　どうして……」

戸惑いながら目を見開いているとバチリと目が合って、その深い青に囚《とら》われる。

怒ったような険しい表情が怖いのに、逃げようとは思えない。悠希はただただ将宗の青い瞳に見入っていた。

将宗は悠希の前までやってきて、いきなり悠希の肩を掴《つか》んだ。

「キ、キミ、名前は？」

「………」

突然のことに悠希が目を丸くしたまま固まっていると、必死の形相《ぎょうそう》で言われる。

「好きだ！　キミに一目惚《ぼ》れしたっ。私と付き合ってほしい！　結婚してくれっ」

「……え？」

一瞬、何を言われたのか分からなかった。言葉の意味は理解できたのだが、そんなわけがないと打ち消してしまう。

「好き……一目惚れ……付き合う……結婚――……ええーっ!?」

いきなりの告白、そしてプロポーズ。

告白されたのは初めてではないが、プロポーズは初めてだ。そしてそれがセットで、自己紹介もしないうちになんていうのは悠希の常識の中にない。

あまりにも突然、怒涛《どとう》のように攻め込まれ、悠希は目を白黒させる。

「キミはベータだろうか？　それともオメガ？」

「オ、オメガです……」

悠希がそう答えると、将宗の表情が喜びに満ちる。

「それは素晴《すば》らしい。オメガなら、結婚できるな。なんて好都合なんだ。私の番《つがい》になってくれ！」

「…………」

二度目のプロポーズに、聞き間違いではなくどうやら将宗が本気で言っているらしいと悟る。

だからこそ驚きは大きく、悠希はポカンと口を開けてしまった。

「そんなふうに無防備に口を開けて……誘っているのか？　誘っているんだな？　キスがＯＫということは、結婚もＯＫということだろう？」

とんでもない発言に悠希はハッと我に返り、慌てて口を閉じる。そして、プルプルと首を横に振った。呑気《のんき》にぼんやりすることもできないらしい。

「こ、これは、驚いていただけですからっ。キスを誘うとか、そういうのじゃありません。それに結婚って……まだ付き合ってもいないのに？　それ以前に、知り合ってすらいないんですけど……」

「あ――ああ、そうだったな。失礼。逃がしたくない一心で焦《あせ》った。私らしくもない……」

将宗はコホンと軽く咳払《せきばら》いをし、落ち着きを取り戻した声で言う。

「私の名前は、八神将宗。将宗と呼んでくれ。さっき、講演に来てくれていただろう？　一目見て、目が離せなくなった」

「目が合ったの、やっぱり気のせいじゃなかったんだ……隣の女性が見つめられてるって言ってたから、自意識過剰なのかと思ってました……」

将宗は怪訝《けげん》そうな表情をする。

「隣の女性？　隣には男しかいなかっただろう。キミと親しげに話していた」

「それは友人です。反対側に女性が座っていたんですけど」

「気がつかなかったな。あの男とはどういう関係なのか、それが気になって。そうか、友人か……ただの友人？」

「ただの友人です」

「しかし、オメガにとって男の友人は、ただの友人とは意味が違ってこないか？」

その質問の意味は、よく分かる。男性にもかかわらず妊娠できるオメガ男性にとって、とても難しい問題だ。アルファとベータの男性は、異性的な存在なのである。

だから悠希も、複雑な気持ちで頷《うなず》く。

「それは否定できませんけど、彼は本当にただの友人ですよ。ちゃんと恋人もいるし。講演のあとも、デートだって浮き浮き帰りました」

「それはよかった。親しそうに見えて、不安だったんだ。そうか……それじゃ、私と番になっても問題ないな」

隙あらば切り込んでくる将宗は、油断できない。ぼんやりしていると、婚姻届にサインをさせられそうだ。

「いやいや、それは全然違う問題ですよね。まだ会ったばかりなのに」

「ああ、そういえばまだ名前も聞いていなかった。キミの名前を教えてくれないか？」

「天野悠希です。ゆうは、悠久の悠。きは、希望の希です」

「悠希……いい名前だな。キミにピッタリだ」

「ありがとうございます。将宗さんって、渋いお名前ですね」

「祖母が、武士におかしな憧れを持っていてね。独眼竜政宗《どくがんりゅうまさむね》からもらったらしい」

「イギリスの伯爵令嬢っていう……？」

「知っていたのか。そう、その祖母だよ」

「友人が、スマホで調べて教えてくれました。講演に女性が殺到していたから、気になったみたいで」

実際、今も近くの席の女性が将宗を見ているし、講堂から追いかけてきた女性たちも遠巻きにこちらを見ていた。

何しろ将宗はアルファ独特のオーラを振りまいているから人目を引くし、それがなくても見とれるほどの美形なのは間違いない。

女性たちだけでなく大学や将宗の関係者らしき男性たちも驚愕《きょうがく》の表情で固まっているが、どうやら将宗が近寄るなオーラを放っているらしく、話しかけてくる強者《つわもの》はいない。

将宗はそんな人々が見つめている中、真剣な表情で言ってくる。

「……悠希、改めて聞く。私と結婚してくれないか？」

「あ、改めて聞かれても……」

今のこの状況で、「はい」と言えるはずがない。それにオメガといっても、悠希の場合はわけありなのだ。

悠希は声を弱め、小声で将宗に言う。

「あの……ボクは一応オメガですけど、両親はベータなんです」

「そうか。だが、オメガなのは間違いないわけだし、番になるのに問題はないな」

「問題……あると思いますよ。両親がベータって言ったでしょう？　両親だけでなく、双方の祖父母や親戚もみんなベータなので、ボクはベータ因子の強い、突然変異のオメガなんです。つまり、ボクが産む子はベータの可能性が高いということになります」

「構わない。そもそも、ベータでも結婚してほしいと思っていたんだ。かといって、ベータだと男同士では結婚できないからな。オメガとは幸運だった」

嬉《うれ》しそうに笑われて、悠希は胸がドキドキする。

美形の笑顔は破壊力がすごいと思いながら、胸の高鳴りを抑え込んできちんと話をしなければとがんばった。

「あの……ちゃんと聞いてました？　ボク、ベータ因子の強いオメガで、ベータしか産めない可能性が高いんですよ。八神さん、八神製薬の跡継ぎなんですよね？」

「私が初めて欲しいと思った相手だ。ベータだろうがオメガだろうが関係ない。まわりはうるさいかもしれないが、捻《ね》じ伏せればいい話だ」

「えー……」

そんな単純な話ではないと思いつつ、ベータでもオメガでも関係ないと言われたのが嬉しい。ベータ因子の強いオメガで、アルファにもベータの女性にも求められないというのが心の傷になっている悠希には、将宗の言葉が涙が出そうなほど染《し》みた。

でもだからといって、簡単に「はい」とは言えない。何しろ将宗が求めてきたのは「結婚」であり、「番」だ。どんなに心惹かれても、すぐに頷けるものではない。

普通のアルファでも難しいのに、八神製薬の御曹司で、イギリス貴族と縁づいているアルファなんて、難しいなんていう言葉では足りない気がした。

あまりにも相手がすごすぎて、もしかしてドッキリだろうかなどというおかしな疑いが頭を過《よぎ》る。

「そういうわけで、私の番になってくれ」

（本気……かな？　やっぱり、ドッキリ？）

素人《しろうと》ドッキリがないわけではないが、仕掛け人が八神製薬の御曹司というのはありえない気がする。

悠希は混乱しながらプルプルと頭を振った。

「む……無理、です……。ボクには荷が重すぎます」

「なぜだ？　私が嫌いなのか？　好みではない？　それなら、キミの好みはどういう男なんだ。可能なかぎり、近づけるよう努力する」

自信満々に「なってやる」ではなく、「努力する」と言う将宗にキュンとくるものがある。こういう人、好きだなぁと思った。

「あの……本気で、そう言ってくれています？　ドッキリとかではなく？」

「ドッキリ？　なぜ私がそんなことを？　ああ……唐突すぎるからか。その点については私自身もどうかと思うような不格好なプロポーズになってしまったが、私は本気だ。本気で悠希に一目惚れし、番になってほしいと思っている。そのための努力は惜しまないつもりだ」

まっすぐ射貫《いぬ》くように目を見て、真摯にそう訴える。こんな嘘《うそ》をつくとは思えなかったし、将宗の誠実な人柄や謙虚さが伝わってきて、見た目だけでなく中身も好ましいと思う。

なんて素敵《すてき》な人なんだろうとうっとりしてしまう。こんな素敵なアルファにプロポーズされるなんて夢のようだった。

「それで、悠希の好みは？」

「こ、好み……というのは特になくて……八神さんはとても素敵だと思います」

「名字じゃなく、名前で呼んでほしいな。将宗だ、将宗」

「ま、将宗……さん」

「それでいい」

満足そうに頷く将宗。

「悠希のことを、よく知りたい」

そう言って悠希の隣の席に腰を下ろすと、それまで将宗の少し後ろで凍りついていた男性が悲鳴のような声をあげる。

「ま……将宗様――っ‼　それはありえません！　ありえないです。ありえないんですよっ」

「どうした、鳥井《とりい》。うるさいぞ」

「将宗様の乳兄弟《ちきょうだい》として育ってきた私には分かります。将宗様は、本気ですね。本気で、番にと申し込んでいる……でも、ベータ因子の強いオメガなんて、とんでもない。将宗様には、八神家の貴い血を受け継いでいくという大切な役割が――……」

「そんなもののために、私の運命を諦めるつもりはない」

「う、運命⁉」

「誰にも心を動かされなかった私が、一目で欲しい、私のものにしたいと思った相手だぞ。有《う》象無象《ぞうむぞう》が溢《あふ》れた聴衆席で、悠希だけが光り輝いて見えた。運命でなくてなんだ」

「いや、しかし……オメガとはいえ、両親はベータ、祖父母までベータと言っていたではありませんか。八神家の……将宗様の花嫁にふさわしくありません」

パーティーで出会ったアルファ男性たちも同じことを考え、悠希から離れていったことを思い出す。

悠希の心に刻まれた傷だ。

それを突かれてキュッと胸が痛くなった。

「――鳥井」

将宗の発した、静かで殺気の伝わる声。目に見えない力が込められていて、まわりでチラチラと様子を窺《うかが》っていた人たちをも硬直させた。

「悠希を悪く言うなら、たとえお前でも容赦しない。悠希は私の番となる相手だ。敬意を払え」

「……は、は、はい……」

（アルファの威圧《いあつ》……初めて見た……）

カリスマ性に溢れた、ごく一握りのアルファだけが使えるという「威圧」。それを食らわせられると、膝をついてひれ伏したくなるとのことだ。

実際に今、膝を折って蹲《うずくま》っている人たちもいる。

将宗はその威圧を解き、打って変わって穏やかな表情で悠希に向き直る。

「ここは人が多すぎる。時間があれば、どこか静かなところでお茶でもどうだろう？」

「時間……ええっと、六時までなら大丈夫です。夕食の支度をしないといけないので」

「夕食は、私と一緒ではダメかな？」

声に甘さをたっぷりと含んだ、誘惑。

これに抗《あらが》うのは大変だったが、寂しがり屋の弟が家で待っていることを考えるとあまり遅くなれない。

「それは、ちょっと……悠真《ゆうま》が待っていますから」

「悠真……？」

「弟です。まだ中学生なので」

「弟か……ああ、そのあたりの話もすべて詳しく聞きたい。移動しよう」

大学の来客用スペースに停められた、黒塗りの高級車。白い手袋をした運転手がドアを開けてくれる。

中は広くてクッションもフカフカで、動き出しても振動が少なかった。

五分もしないうちにイタリアンらしき店に到着し、個室へと案内される。

「甘いものは？」

「好きです」

「では、お任せのデザートセットでいいかな」

「はい」

店員に注文し、将宗が大きく溜《た》め息を漏らす。

「先ほどは、取り乱してすまなかった。車の中で少し冷静になったから、安心してほしい」

「はぁ……正直、何がなんだか」

「悠希と番になりたいし、結婚したいと言ったのは本気だ。今すぐにでも……と言いたいところだが、さすがにそれは無理だろう？」

「無理ですね。どう考えても」

「悠希にその気になってもらうために、私のことを知ってもらいたいと思う。それにもちろん、悠希のこともよく知りたい。そして、なるべく早くその気になってくれ」

「はぁ……」

グイグイ来られて、悠希は戸惑うしかない。

将宗が本気なのは感じられるが、どうして自分なんかに……という想《おも》いがつきまとって離れなかった。

「あの講演にいたということは、薬学部の学生だろう？　年は？」

「二十歳です」

「若い……十一歳差か……私は三十一歳なんだが、年齢的な問題はないだろうか？」

少しばかり心配そうな、不安そうな表情が可愛《かわい》い。

三十一歳という年齢だけ聞くと「おじさん」という感じがするのだが、将宗はおじさんとは程遠い。大人《おとな》であり、男性的な色気がすごいと思う。

「全然、気になりません」

「それはよかった。弟くんが中学生とか」

「中学二年生です。うちは両親ともに医師をしていて、あまり家にいられないんですよ。ボクたちが小さい頃はまわりの医師たちに便宜をはかってもらったから、今はその恩返し中らしくて。夜勤や緊急呼び出しなんかで忙しくしているので、ボクはなるべく家にいるようにしているんです」

「中学二年生というと……私は反抗期真っ只中《ただなか》だったな」

「うちの悠真は、まだ来ていませんねぇ。素直で、甘えん坊で、すごく可愛いんですよ」

車の中で帰宅が少し遅くなるとメールしたから、今頃寂しがっているかもしれない。

「仲がいいんだな」

「はい。もう、可愛くて、可愛くて。お手伝いもよくしてくれますしね。前まで来てくれていた家政婦さんが年齢の問題で引退してしまって、今は自分たちで家事をしているんです」

家事代として小遣いに大幅プラスしてくれているので、アルバイトをする必要がないのが幸いだ。両親としても、まだ中学生の悠真を家に一人にしたくないから、アルバイトをするより家にいてほしいらしい。

そういう理由で夕食に付き合うのは無理だし、あまり家を空けられず、そのためこれまでの友人付き合いも濃いものにはできなかった。オメガである悠希には、家の事情は断る言い訳になってくれていた。

けれど今は、それを残念に思う。

将宗も忙しい身だし、なかなか会えないとなれば気持ちも冷めてしまうに違いない。仕方ないと思いつつ、でもきっとそのほうがいいのだと思いつつ、いやだという想いが胸にこみ上げてくる。

「悠希の弟なら、私にとっても可愛い義弟ということになる。ぜひ紹介してほしいな。一緒に夕食を摂《と》ったり、出かけたりしよう」

「え……」

まさかそんなことを言ってくるとは思わなかった。突然変異のオメガでもいいと誘いをかけてくる男たちは大抵、その年なら一人でも大丈夫だからと言うのである。

一緒になんて言ったのは、将宗が初めてだ。

「弟くん……悠真くんだったね。悠希に似ているのかな？」

「いえ、あまり。大きな目が可愛い……ベータなんですけど、ボクよりオメガっぽい子です」

「庇護《ひご》欲をそそるタイプという意味で？」

「そうですね。男受けがいいので、そういう意味でもあまり一人で家に置いておきたくないんです。一応、警備会社と契約していますけど」

「オメガの悠希と、オメガに見える悠真くん二人で一軒家か……それは、少しばかり心配だな」

「心当たりのない来客は断らせているし、宅配なんかは差出人の名前と住所を読み上げてもらったりしていますけど……自分から招き入れないかぎり、警備会社のシールはいい働きをしてくれます」

「悠希が慎重なタイプでよかった」

「臆病なんです」

「それは、悪いことじゃない。オメガは狙われる立場だから、臆病なくらいでちょうどいい」

「ボクはベータ因子の強い突然変異なので、誘拐《ゆうかい》リスクは低いんですけどね。……だから、結婚するつもりはなかったんです。いくらアルファよりオメガのほうが少ないといっても、ベータ因子の強いオメガは敬遠されますから。渋々もらわれてガッカリされるより、独り身のほうが気が楽かな……と。薬学部に入ったのも、そのためです。資格を持っていると、就職しやすいので」

　ベータ因子の強いオメガの立場は将宗も理解しているようで、なるほど……と納得してくれる。

「オメガ以外とは極めて子供ができにくいアルファにとって、重要な問題だからな。しかし……おかげで悠希に番がいないわけだし、私としては感謝しかない。私は、悠希がオメガだろうがベータだろうが気にしない」

「いや、でも……」

そう簡単な問題ではないのは、悠希でも分かる。鳥井が言っていたように、八神製薬の御曹司の番がベータ因子の強い突然変異オメガというのは大問題な気がした。

「何があろうと、私の気持ちが揺らぐことはないが……私のほうのデメリットを話さないのはフェアではないな」

「デメリット？」

「八神家は、子供ができにくいアルファの中でも、特にできにくい。七代にわたって、アルファの男子が一人だけしか生まれていないんだ。昔はオメガの愛人を二人、三人と抱えていたこともあったそうだが、それでも一人しか生まれなかったらしい」

「それは……すごいですね。オメガは、避妊しないと高確率で妊娠するって言われているのに」

「能力が高いアルファには、たまにあることらしい。うちはそういう家系だから親戚なんかも少ないんだが、両親や祖父母、母方の親戚からも早く番を作れとせっつかれている」

「それはそうでしょうねぇ。一人っ子か……」

ますます自分ではダメだろうという気持ちが強くなる。

兄弟がいてくれればそちらに希望をかけることもできるが、一人っ子ではそうもいかない。

加えて七代にわたって一人しか生まれていないというのは、悠希にとって尻込みをする理由になる。道理で将宗の乳兄弟だという鳥井が、血相を変えて反対するわけだった。

「そういう理由で、悠希に番になってもらうとなると大反対されるだろうが、悠希さえその気になってくれれば私が全力で守る。家とは関係ない個人的な資産もそれなりにあるし、いざとなればすべてを捨てて海外に移住してもいい」

「ええっ⁉」

家族も、八神製薬の副社長という地位も捨てると言う将宗に、悠希は驚愕する。

信じられない想いと困惑、そして——大きな喜びが悠希を包み込んだ。

ベータ因子の強い突然変異オメガというのは、悠希にとってコンプレックスだ。普通のベータ男性と違ってベータ女性の恋愛対象にはなりにくく、アルファ男性からも敬遠される。誰にも求められない悲しみが、悠希の心に深い傷を残していた。

それなのに、どんな相手も選《よ》り取り見取りだろう将宗が、悠希を選んでくれた。

悠希でないとダメだと言い、すべてを捨てると言ってくれている。嬉しくないはずがなかった。

けれど、悠希には悠真がいる。まだ中学生で甘えん坊の悠真を置いて、海外には行けなかった。

「あの……お気持ちは嬉しいんですけど、海外に移住はちょっと……。悠真がいますので」

「むっ、そうか……それなら会社を潰《つぶ》してやると脅《おど》して、両親や祖父母をおとなしくさせよう」

「お、脅す？　家族を？」

「ああ。それでも強硬策に出るようなら、本当に潰してもいい。うちくらい大きな企業となると、表に出せないようなことは必ずあるからね。特にうちは、人々の病気や健康にも大きくかかわっている。法的に問題なくても、道義的には問題があるネタはあるものなんだよ」

「……………」

にこやかな将宗の穏やかさが怖い。本気で言っているのかと疑わないわけではなかったが、悠希を手に入れるために嘘をついているとは思えなかった。

「私は悠希に嘘はつかないと約束する。欲しいのは体ではなく、心だからな。偽りで好きになってもらっても意味がない。だから悠希は、周囲の声ではなく私を信じてほしい」

「将宗さん……」

意志の強い青く光る美しい瞳に捕らわれると、動けなくなってしまう。

困ったままの手を、大きな手で包み込まれた。

「悠希を番にしたい。結婚してほしい……まずはお付き合いからお願いできないだろうか？」

真摯にそんなことを言われ、悠希は無意識のうちにコクコクと頷いていた。

将宗ほどの人にこんなにも求められて、拒否などできるはずがない。心は、嬉しいと叫び、歓喜に満ちているのだ。

それでもやっぱり将宗が自分なんかに……という気持ちは消えない。互いのことをほとんど

知らないし、自分の引っ込み思案で面白みのない性格に将宗の一目惚れが冷めるということだって充分ありえる。

「あの……お付き合いを考えるためにお会いするのはいいんですけど……将宗さんが冷静になって、ちゃんと考えて、早まったなって思ったら正直に教えてください。おかしな遠慮とかなしで」

「そんなことはありえない」

「そうだといいんですけど、分からないから……正直に言ってくれるって約束してください」

「分かった。絶対にありえないが、そう思ったら正直に言うと約束する」

「ありがとうございます」

冷めたのなら、早く言ってくれたほうが傷は小さくてすむ。だから約束してもらえて、悠希はホッと胸を撫《な》で下ろした。

「しかし……悠真くんのことを考えると、なかなか会う時間が取れないな。平日は、講義のあと、六時までなんだろう？」

「そうですね。四限まである日は無理かも……」

悠希は鞄《かばん》から講義のために買ったタブレットを取り出し、自分の時間割りを将宗に見せる。

「ふむふむ。金曜が三限で終わりで、火曜と木曜は三限が空いているな」

「ああ、はい。三限と四限、反対にしろってみんな大ブーイングですよ」

「しかし、おかげでランチに行けそうじゃないか？　昼休みと合わせたら、二時間半ある。ランチには充分だ。ここを私のために空けておいてもらっていいか？」

「あ、はい」

「大学の近くにいい店を探しておこう。楽しみだな」

　将宗はご機嫌で自分のスマホに悠希の講義予定を打ち込み、それから残念そうに言う。

「――ああ、もうこんな時間か。家まで送ろう」

「電車で帰るから、大丈夫です」

「いや、今度迎えに行くときのために、家の場所を知っておきたい」

「迎えに……」

　それはすごくデートっぽいと、悠希は頬《ほお》を赤らめる。どうしてこうなったのかとまだ混乱する部分はあるが、またすぐに将宗に会えるのかと思うと嬉しい。

　将宗に促されるまま車に乗り込み、家まで送ってもらう。そしてその車中で、ドキドキしながら連絡先を交換しあった。

　別れ際、「悠真くんにご挨拶《あいさつ》を……」と言われたが、まずは自分の頭を整理して、悠真に説明してからにしてほしいと断る。

「分かった。明日のランチを一緒に食べるのを、忘れないでくれ。二限が終わる頃、正門前で待っている」

「はい、分かりました」

「それと、これはご家族へのお土産《みやげ》だ。さっきの店のケーキなんだが」

「うわぁ。ありがとうございます。あそこのケーキ美味《おい》しかったから、みんな喜びます」

なんて気が利《き》くんだろうと思いながら、悠希は嬉々《きき》としてケーキの箱を受け取る。

上品で繊細《せんさい》なケーキを味わいながら、悠真にも食べさせてあげたいと考えていただけに嬉しい。

将宗に別れを告げて車から降りて、フワフワした気持ちのまま家に入る。そうすると、居間にいた悠真が、ビュンと飛びついてきた。

「待ってた！」

甘えん坊の悠真は、悠希がいつもより遅く帰宅したから寂しかったらしい。首を長くして待っていたようだった。

悠真は可愛い。おとなしくて綺麗《きれい》系と言われることが多い悠希とは違い、クリクリとした大きな目とクルクル変わる表情がなんとも愛《いと》おしい。

童顔の母親に似ていて、親戚からも「子ダヌキちゃん」と可愛がられていた。「アライグマでもいいけど、子アライグマって言いにくいからねぇ」との意見に、みんな頷いている。

色素が少し薄い悠希と違って、真っ黒な髪と真っ黒な目だ。黒目が大きくて、キラキラ輝いている。同じ年の子たちと比べて子供っぽいせいか、友達にも弟扱いで可愛がられている感じだった。

なかなか伸びない身長と雰囲気からオメガと間違われたりするが、ベータである。男受けがいいのが兄としては心配だが、おかしな人間はまわりの友達がブロックしてくれていた。素直で愛され体質の悠真がオメガのほうがよかったのに……と思うこともしばしばだ。

「遅くなってごめんね。ケーキをもらってきたから、夕食のあとに食べようね」

「やったー‼　誰にもらったの？」

「う……」

将宗のことを話すチャンスではあるが、いきなりすぎて言葉に詰まる。まだ浮ついているし、どうにも夢のようで、本当にあった出来事なのか信じがたいものがあった。

悠希は内心でアワアワしながら悠真に言う。

「ええっと……まずは、夕飯！　夕飯を作らなきゃ。話はあとでね」

「うん。お腹《なか》空いたー」

「今日は生姜《しょうが》焼きだよ」

「やったー」

昨夜のうちに漬けこんであるから、あとは焼くだけだ。

ケーキの箱を冷蔵庫にしまい、手を洗って悠真と一緒に夕食作りをする。

「悠真、キャベツの千切りをしてくれる？」

「はーい」

「あとはブロッコリーを茹《ゆ》でて、トマトと一緒に付け合わせにして……味噌汁《みそしる》の具は何にしようかな」

「大根があるから、大根と卵がいい。上手に半熟にできると、すごく美味しいんだよねー」

「じゃあ、そうしよう」

メニューが決まってしまえば、毎日のことだから役割分担もばっちりだ。協力してサクサクと進めていって、テーブルに料理が並ぶ。

「いただきます」

「いただきまーす」

今日も遅くなるという両親の分は、あたためるだけにして冷蔵庫に入れておく。

「悠真、勉強は終わった？」

「終わったよー。数学がどんどん難しくなってきてつらい……」

「悠真、文系脳だもんねぇ」

両親も悠希も理数系が得意で、教われば苦もなく数式が解けるのだが、悠真だけは理数系をひどく苦手にしている。

その代わり国語や英語は得意で、授業を聞くだけで九十点以上取っている。だから毎日の予習復習も理系のみ集中的に行っているのだが、数学や化学はどんなにがんばっても平均点を取るのがやっとだった。

「来年は受験生だし、塾に通ったほうがいいかもね」

「いやだけど、そうかも……クラスでも、塾通いしている子、増えてきたし」

「じゃあ、クラスの子たちにどんな感じか聞いてみて、良さそうだったら通うといいよ」

「うん。そうする」

食事が終わると、悠真お待ちかねのケーキだ。悠真のリクエストで紅茶を淹《い》れて、ケーキの箱を開ける。

「うわぁ、美味しそう！」

「ボクはさっき食べたから、ボクの分も食べていいよ」

「ありがとう、兄さんっ。すごく嬉しい。うーん、どれにしようかなぁ。チョコのは、お母さんが食べたがるよね？　お父さんはチーズケーキかなぁ？　じゃあ、ボクはこのイチゴとティラミスにする」

嬉しそうに皿に載せて居間に戻り、座るや否や早速《さっそく》パクつく。

「うわー、これ、めちゃくちゃ美味しい！　なんか、お高い味がする～」

しっかり感じ取ってるなぁと、悠希は感心する。

すっかり食欲が落ち着いた悠希と違って、悠真は食べ盛りだ。小さな体で、かなりの量を食べる。ご飯をお代わりしたにもかかわらず、ケーキ二個目をペロリと平らげた。

悠真が美味しそうにケーキを食べるのを眺めながら、将宗のことをどう話そうかずっと考えていた悠希は、紅茶のカップを置いてふうっと吐息《といき》を漏らす。

「……それでね、これをくれた人なんだけど……その、お付き合いをしてる人……いや、お付き合いを考えて交流を始めた人？　申し込まれて、素敵だなと思って……ま、まだ申し込まれたばっかりなんだけどね」

「えー。兄さん、恋人できたの⁉」

「ち、ち、違うよ！　お付き合いを考えて、交流を始めたばっかり」

「それで今日、帰りが遅くなったんだ。ん？　ケーキって、そのときのお土産？」

「そうだよ。そのお店、デザートが美味しいからって、持たせてくれたんだ」

「うわー。イケメン行為！　ええ〜っと……相手の人、男の人、だよね？　しかもその感じ、アルファっぽい？」

「当たりだよ。アルファの男の人。八神将宗さんっていって、年齢は三十一歳だって」

「兄さんより十一歳も上？　大人すぎない？　んー……でも兄さんも落ち着いてるし、大人の人のほうがお似合いなのかなぁ？　アルファって傲慢《ごうまん》な俺様《おれさま》が多いって聞くけど、ケーキをお持たせにしてくれる気配りの人だし……ううーん。優しい人？」

「そうだね。それに、誠実な人だと思う。アルファにしては、俺様成分も少なめなんじゃないかな」

「ないわけじゃないんだ？」

「そこは、アルファ様だから。やっぱりアルファである以上、どうしても俺様気質にはなるよねぇ」

アルファは生まれながらにして恵まれた存在であり、幼少の頃から数多《あまた》いるベータの上に君臨して育つ。多かれ少なかれ、俺様気質にならないはずがない。もちろん彼らはそれを隠すだけの頭脳も理性もあるが、ベータ因子の強い悠希に対しては内心の侮《あなど》りを表に出すことも多かった。

それもあって悠希は、一生独身かなぁと思っていたのである。

けれど将宗は、一目惚れから始まっているからか、悠希がベータを産む可能性が高いと分かっても躊躇《ちゅうちょ》しなかったし、自分のデメリットもちゃんと話す誠実さを見せてくれた。

「そっか……やっぱりアルファって、そうなんだ。ボク、アルファの知り合いいないからな〜。兄さんにそういう人が現れたのは、嬉しいような寂しいような……」

アルファ家系は必然的に裕福だから、私立の学校に行くことがほとんどだ。公立の中学に通っている悠真が出会ったことがないのも当然で、悠希だってオメガとしてパーティーに出席しなければ見ることもかなわなかった。

そのパーティーでの経験から番を持つのは諦めようと思ったのに、まさかあんな出会いがあるなんて考えもしない。

「少し帰りが遅くなることはあるかもしれないけど、夕食は悠真と食べますって言ってあるから大丈夫だよ」

「えっ、いいの？　その人……八神さんと食べたいんじゃないの？」

「ええっと……まだお付き合いしてるわけじゃないし。お付き合いするかどうか考えるための交流段階だから」

「んー……でも、その人のこと好きなんだよね？」

「えっ……」

「そういう顔して、八神さんのこと話してたよ。テレッとしてる兄さん、初めて見た。兄さんが好きならいいけど……あんまりその人に夢中にならないでほしいなぁ。ボクのことも構ってね」

そう言って抱きついてくる悠真に、悠希は頬を緩めて頭を撫でる。

「悠真は可愛いなぁ。大丈夫、会うのは講義の空き時間か、夕食の支度前だけにしてもらうことになったから。美味しいケーキがあったら買ってくるね」

「わーい。楽しみ」

悠真に無事に理解してもらい、早速明日将宗とのランチデートだ。楽しみなような、不安なような、やっぱり楽しみなような――悠希はそれからもどこかフワフワした気持ちで過ごすのだった。

★
★
★

翌日も、悠希は朝からフワフワ、ソワソワしていた。

悠真と一緒に朝食を作りながら用意する弁当は三人分。両親と、悠真の分だ。悠希は将宗と食べるので、弁当はいらない。

そう思うとドキドキして落ち着かなくて、午前中の講義がちっとも頭に入ってこなかった。

そして昼休みとなり、悠希はいつも一緒に昼食を摂っている友人たちに断りを入れて、正門へと急ぐ。

休み時間はいつもざわついている構内だが、その日の正門は様子が違った。学生たちがみんな同じ方向を見つつ、行き交《か》う足取りが妙に鈍っている。

視線の先にはスーツ姿の将宗がいて、悠希と目が合うとニコリと笑う。

きゃあと女子学生の声があがる。

幼等部から付属の名門お坊ちゃま大学だけあって、学内にアルファは十人以上在籍している。だからアルファを初めて見るわけではないだろうに、やはり将宗の大人の色気にやられているらしい。

改めて見ても将宗は際立っていて、全身からアルファのオーラを発している気がする。

美形だからそう感じるのかと思ったが、やはりベータの美形とアルファの美形では違いがある。アルファには、ベータにはない輝きがあって、強烈に人々の目を引きつけるのである。

やっぱり格好いいなぁと悠希は見とれ、あの笑顔が自分に向けられているという事実にうっとりとした。

「お待たせしました」

「昨日から、ずっと楽しみにしていたんだ。大学から近いし、昨日のイタリアンでいいかな?」

「はい。——あ、ケーキ、悠真が美味しい美味しいって大喜びでした。将宗さんのことも話して、理解してもらえたと思います」

「それはよかった。近いうちにご家族とお会いしたいな」

「そ、それは、なんというか、お付き合いが決まったら……ということで……」

グイグイと攻め込んでくる将宗に、悠希は防御するのが大変だ。けれどそういう言葉の一つ一つが、将宗にその気がある、大丈夫だと教えてくれる。

「ぜひ、近いうちに紹介してもらいたいものだ」

ニヤリと笑う顔に色気があって、悠希の心拍数が跳ね上がる。

昨日の将宗は動揺しまくり、焦りまくりだったが、今日の将宗は落ち着いているし、アルファの魅力全開で迫ってきている気がする。

悠希が顔を赤くして固まっていると、将宗に手と腰とを取られて、車へとエスコートされる。そして開かれた扉から、車に乗り込んだ。

行き先は昨日のイタリアンなのですぐに到着し、個室へと案内された。

「――」

店員が持ってきたメニューには、値段が載っていない。将宗とまだ付き合っていない段階なので悠希は当然自分のは自分で支払うつもりだったから、これはちょっと困る。

「あの……値段の書いてあるメニューが欲しいんですけど」

「値段があると悠希は遠慮しそうだから、ないほうがいいと思うんだが……」

「えっ、でも、自分のは自分で払うので。だって、まだお付き合いしているわけじゃありませんし……」

「交際前の、お試しデートだ。私としては完全にデートのつもりでいる。そして私は社会人で、キミは学生。キミに払わせたら、私の立つ瀬がない」

「あ……うーん……」

「十一歳も離れていることだし、ここは私に払わせてもらいたいな」

「……分かりました。すみませんが、ご馳走《ちそう》になりますので、よろしくお願いします」

「悠希は真面目《まじめ》だなぁ」

笑いながら言う将宗の手が、何やらワキワキしている。どうやら頭を撫でたいが、ちょっと距離があってできないらしい。

（なんか、可愛い……）

将宗は近寄りがたいアルファではないのだと、思わせてくれる。

悠希は肩の力を抜いて、何にしようかな~とメニューを眺めた。

「ハーブが大丈夫なら、魚は食べたほうがいい。フレッシュハーブを使っていて、旨《うま》いんだ。肉は赤牛がおすすめだな。赤身だが、素晴らしく旨味に溢れている」

「魚と肉の両方は、胃の容量的に無理かも……うーん。どっちも美味しそう……」

「それなら、ハーフで頼めばいい」

「そうします」

将宗が店員を呼んで、注文してくれる。二人とも、赤牛と本日の魚、真鯛《まだい》の香草焼きだ。すぐに前菜の盛り合わせが運ばれてきて、早速食べ始めた。

「……そういえば、私の講演に来ていたということは、製薬会社に興味があるのか?」

「いえ、薬剤師として薬局勤務が今の第一希望です。薬局は勤務時間がしっかり決まっているので、いいかなぁと思って。でも研究も嫌いじゃないので、製薬会社の研究職はどういう感じか気になって」

「ああ、なるほど。だが、体力に自信がないなら、研究職はおすすめしない。彼らときたら気になることがあるとすぐに徹夜をするし、帰れと言っても何日も泊まり込むし……夢中になれる職人気質《かたぎ》が向いているんだ」

「な、なるほど……徹夜は、ちょっと無理かも……」

「他の研究員と協力すればいいから徹夜をする必要はないんだが、経過を可能なかぎりすべて見たいらしい」

「……やっぱり、薬局勤め希望にしておきます」

「それがいいな。――悠希はいつから慶青に通っているんだ？」

「大学からです。医学部と薬学部の設備が充実しているし、就職率も高いので。医師をしている両親の影響もありますけど、どう考えてもボクに医師は無理だし、薬剤師は安心、安定の職業だなぁと思って」

「大学からか……悠希は優秀なんだな。うちの大学は、倍率が高いのに」

妊娠に特化しているオメガは、勉強はあまり得意ではないというのが定説だ。

オメガという性に生まれると、がんばる必要がないからという面がある。アルファの子を産める――そのうえ、アルファより数が少ないオメガは無条件で求められるからである。

結果、どんどん上流社会に取り込まれていき、生まれたオメガは苦労知らず続きで努力とは縁がなくなっていった。

美しさに磨《みが》きをかけ、よりよいアルファに見初《みそ》められるのが大切だと教えられて育てば、勉強に精を出すはずもない。

オメガたちは幼稚園からお嬢様、お坊ちゃま校と言われるところに通い、受験を知らずに名門の小学校、中学校へと上がっていく。普通に公立学校に通い、高校受験、大学受験を経てきた悠希とはまったく違う環境にいた。

　オメガということで悠希も私立の学校に通ったほうがいいのではないかという話もあったそうなのだが、ベータ因子が強い悠希はそれを理由に苛《いじ》められる可能性もあったから、迷った末に両親は公立の学校を選んだとのことだった。

「将宗さんは、幼等部からですか？」

「ああ。ずいぶん楽させてもらった。私の同年に運よくアルファが二人いたから、孤立せずにすんだし」

「ああ、それ、大切ですよね。ベータはどうしてもアルファの友人にはなりにくいですから……」

　少数派であるアルファとオメガには、同じ属性にしか友人が作りにくいという悩みがある。ベータはどうしてもアルファとは対等になれないし、ベータ女性はアルファの番となれるオメガに嫉妬《しっと》する。オメガ男性は子供を産めるということで、属性は関係なく、男女どちらでも恋愛相手になりうるのである。

　アルファだけでなくベータもオメガの発情には反応してしまうため、男女間に友情が存在しないと言われるように、オメガはアルファともベータとも友情を成立させるのが難しかった。

　それゆえ親たちは、アルファとオメガが多く通っている学校に子供を入学させることが多い。慶青がそれにあたり、アルファに見知りおかれたいと考えるベータの親も子供を通わせていた。

悠希の場合、ベータ因子の強い突然変異のオメガということで、もしかしたらバカにされたり苛められたりするかもしれないと公立を選んだのである。

十六歳になってからオメガとしていくつかのパーティーに参加したが、アルファもオメガも悠希のことをバカにしている雰囲気があったから、両親の懸念は当たっていたと思うほかない。オメガといっても、やはり悠希は違うのだ。

そういう意味では、悠希には同類が一人もいないことになる。

だからこそ無邪気《むじゃき》に甘えてくる弟が心の支えとなり、世話することで寂しさを埋めていた部分がある。

「悠真くんは来年、受験生か。うちの高校をおすすめするよ。合格するのは大変だが、大学受験をしなくてすむ」

「悠真、文系は大丈夫だと思うんですけど、理数系が足を引っ張ってて……高校は募集人数が少なくて、倍率がすごく高いんじゃないですか？　受かるの難しいかも……」

「いい家庭教師を紹介できる。うちの高校受験を専門にしていて、教え子はかなりの高確率で合格している。通常の家庭教師代に加えて成功報酬を決めているから、受かると少々高くなるが、その価値はあるはずだ」

「えっ、すごいですね。慶青高校専門の家庭教師？　それで食べていけるんですか？」

「同年代の倍は稼いでいるんじゃないかな？　成功報酬の獲得率が高いから。口コミで評判が広まって順番待ちの状態だが、来年ならまだ捻じ込めるかもしれない」

ちなみにと教えてもらった家庭教師代は普通で、確かに成功報酬が高かった。けれど名門の私立高校に入れて、大学受験のための予備校代が節約できると考えれば安いものだ。

「両親に相談してもいいですか？　たぶん、ぜひって言うと思うんですけど。悠真はのんびり屋なので、大学受験をパスできるのはありがたいです」

今のところ悠真には行きたい高校はないようだし、学力と相談しながらアクセスのいいところを選ぶはずだ。

そういえば……と悠希は高校の最寄駅を聞き、乗り換え一回で行けると安心する。

「高校生活は、どんな感じでしたか？」

「持ち上がりのお坊ちゃま校だから、全体的にのんびりした雰囲気だ。下位……何人だったかな？　関係ないから覚えていないが、下から何人かが上に行けないシステムで、どうしようもないタイプはそこで篩《ふるい》にかけられる。成績だけでなく生活態度も加味されるからな。その分、他の学校より苛めは少ない……という気がする。私はアルファだから、本当のところは分からないが」

アルファとベータでは立場が違い、ベータの世界にアルファが身を置くことはない。同じ高校に通っていても、見る世界は異なっていた。

ましてや苛めといった後ろ暗い部分をアルファに見せるはずもなく、将宗が気がつかないだけというのは充分ありえる。

それでもお坊ちゃま校で小等部から中等部、中等部から高等部と、上に行くたびに問題児を放出できるというのは大きい。

「それに悠真くんは悠希よりオメガっぽいということだから、なおさらうちの高校はおすすめだぞ。何しろ、うちの高校にはプールがないんだ」

「えっ？　それがおすすめ点……ですか？」

「悠希も、感じたことがあるだろう？　体にまとわりつく、ねっとりとした視線を。プールがあると、夏の間、体育で不愉快な思いをさせられることになる」

「ああ、そういえば……」

同じ理由で、自分もプールのない高校を選んだのを思い出す。好奇心と欲望で、無防備な水着姿を見つめられるのは実にいやな気分だった。

「その代わり、年に一度、大学のプールで技能チェックがあるが、夏中よりマシだ」

「ボクの通っていた高校では、それもなかったので楽でした。もっとも、炎天下でバレーボールをやらされたときは、プールが恋しくなりましたけど」

プール以外にも、希望すれば大学での講演やコンサートを見られたりといったメリットをたくさん教えられ、さすがに私立のお坊ちゃま校だと感心させられる。

「いいですねぇ。悠真に教えたら、その気になりそう」

「家庭教師の件はなるべく早く持ちかけたほうがいいから、話が決まったら言ってくれ」

「はい。ありがとうございます」

順番待ちだと言っていたので、きっとコネがないとお願いすることもできない家庭教師だ。それを悠真のために交渉してくれると言う将宗には、感謝しかない。

本当にありがたいと礼を言うと、将宗はニヤリと笑った。

「弟くんごと、悠希を取り込みたいからな。悠希の好感度を上げる作戦の一つだ」

「……………」

ちょっとばかり悪さが滲《にじ》み出る笑顔は反則だと、悠希は顔を赤くする。

素晴らしく美味しい真鯛の味が分からなくなるから、やめてほしい。ましてそのあとで優しく、熱く微笑むなんて、反則もすぎるというものだった。

それでなくても目が合うたびに気恥ずかしくてたまらなかったのに、食事中にもかかわらずのぼせそうになってしまう。

昨日の怒涛の勢いがなくなって落ち着いた様子の将宗なのに、冷静になっても気持ちは変わっていないらしい。

見つめてくる青い瞳が、雄弁に物語っている。

それが、なんともいえずに嬉しい。

悠希のフワフワした感覚は続行中で、なんとも贅沢《ぜいたく》で幸せなランチタイムを過ごした。

★
★
★

将宗は、悠真が言うところの「イケメン行為」を悠希の学友にも発揮し、午後の講義に戻るときに手土産のパニーニを持たされた。

大学生ならこれくらい軽いだろうとのことだ。実際、それらを学食で講義までの時間潰しをしている川田やたまに昼食をともにする彼らに差し出すと、しっかり昼に食べたはずにもかかわらず、「お、旨そう」の一言であっという間に平らげてしまった。

悠希は今、大学内で時の人だ。昨日の将宗のプロポーズをすでにかなりの人数が知っているらしく、あちこちでヒソヒソやられていた。

将宗はそれを見越し、「悠希をよろしく」という意味を込めての贈り物らしい。

まだあたたかなパニーニの威力はなかなかのもので、友人たちの将宗に対する好感度は一気に高くなった。

「チーズとハムのパニーニ、最強説」

「いや、こっちのチキン？　ターキーかも……マジ、お高い味！　ハーブが絶妙」

「どれどれ。……おおっ、旨っ！」

「こんなのもらったら、協力するしかないよなぁ」

「さすがアルファ様は抜け目がない」

「しかも、これ一度で終わるとは思えないしなー。いくらでも協力するって。だから天野は、とりあえず一人にならないように気をつけろよ。女ども、お前にいちゃもんつけたくてうずうずしてるんだから」

「難癖《なんくせ》つけたがってる男もいるみたいだぞ。他人の幸運やら幸せを妬《ねた》むやつらって、なんなんだろうなぁ」

「わざわざ突っかかりにいくやつらの気持ちなんて、分かりたくもないけど。僻《ひが》みっぽいやつって、面倒くさいし。……でも、この雰囲気からすると、間違いなく突っかかってくるやつはいるな」

「ああ。一人になると、厄介そうだ。誰かしら一緒にいたほうがいい」

世話焼きの川田が音頭を取って悠希の取っている選択講義をチェックしあい、休むときは連絡をするということで、アプリのグループ登録をする。

「天野、八神さんと会うときはちゃんと教えろよ。門までガードするから。さすがに連中も、学外でいちゃもんをつけるほどバカじゃないはずだ」

「あー……お手数をおかけします。どうもありがとう」

「あのパニーニは、それを見越しての賄賂《わいろ》だもんな。きっちり務めを果たして、またよろしくってことで」

「俺たちには縁のない高級店の味は魅力的だぜ」

悠希の友人たちはみんな大学受験組の庶民ばかりなので、話が合う。一般の大学生にとって将宗が連れていってくれたようなイタリアン店は高嶺《たかね》の花で、ランチだって相当な覚悟が必要だ。値段を見て、ついつい「学食の日替わりランチ十回分以上……」と考えてしまうのは理解できる。

「あらあら。オメガさんはすごいわねー。男をたくさん侍《はべ》らせて」

「おっ、嫌味一号の登場だ！」

「お前、大丈夫か？　悪役感、すごいぞ。好感度駄々下がりのセリフと表情を、他のやつらにも見られてるのを忘れるなよ」

「……なっ‼」

悠希は時の人なわけだから、学食中の目が集まっていると言っても過言ではない。

悠希を妬んでいる女性陣はもっとやれとばかりに目を輝かせ、男性陣は分かりやすく引いている。

怖え女《こえ》……という呟きが聞こえたのか、嫌味を言った女性は顔を真っ赤にすると、唇を噛《か》みしめて立ち去ってしまった。

「打たれ弱いなぁ。わざわざ嫌味を言いにきて、あれで終わりか」

「一号なだけに、もっと粘ると思ったんだけどな」

「俺なんて、まだ何も言ってないのに！　パニーニ分、働けなかった……」

「これから、これから。今ので、いちゃもんをつけるデメリットを理解した女は多いみたいだけど、まだまだ憎たらしそうに見ているやつはいたからな」

「まさしく、『女、怖え』だよ。妬み嫉《そね》みがすげえ。そんなに、アルファに見初められたいもんかね」

「そりゃあ、まぁ、オメガのほうがアルファより少ない以上、ベータにも玉の輿に乗れる可能性があるし。天野はオメガだからアルファに見初められても当然っちゃ当然なのに、目の前で見せつけられると嫉妬がメラメラしちゃうのかねぇ」

「いや、でも、ベータの前に、アルファ女性とくっつくだろ。アルファとベータなんて、お伽《とぎ》話《ばなし》みたいなもんだ」

「前回がいつか、思い出せないくらいだよな。ニュースになるレベルなわけだし」

アルファ女性の結婚相手はアルファ男性一択だが、アルファ男性の結婚相手の第一希望はオメガ女性、次にオメガ男性。それからアルファ女性が来て、悠希のような突然変異のオメガはギリギリで候補に入るという感じだ。

ベータ女性は枠外で、過去にアルファ男性とベータ女性が結婚したときは大変な騒ぎになったらしい。それに生まれた子供が三人ともベータだったことで、やはりベータとの結婚はダメだと忌避されるようになった。

けれどその夫婦はとても幸せそうであり、二人とも後悔はしていなかったと伝えられている。

そしてそれが、ベータ女性たちに玉の輿の可能性はゼロではないという希望を与えていた。

（そんな簡単なものじゃないと思うけどなぁ……）

お伽話のように語られているその夫婦だって、大変な想いをしたはずだ。

「天野、今ので分かっただろう？　一人になるとサメどもに噛みつかれるから、気をつけろよ。誰かしら一緒にいれば言い返してやるからさ」

「あ、うん。ありがとう。迷惑かけてごめん」

「お前が悪いわけじゃない。人の恋路にいちゃもんをつけるほうがどうかしてるんだ」

「そうそう。気にするなよ」

「ありがとう……」

みんなそれぞれアルバイトや恋人との付き合いで忙しいし、学内だけでの友人関係といった感じで距離があったが、このことで一気に仲間意識が生まれた気がする。

なんだかちょっと嬉しいと、悠希は微笑《ほほえ》むのだった。

★
★
★

週に二回、講義の合間に将宗とランチをし、講義が早く終わる日にはティータイム。仕事が忙しいはずの将宗だが、悠希に合わせて予定を立ててくれているらしい。

悠希のまわりはますますうるさくなってきて、ベータの女性は将宗に見初められた悠希をうらやみ、妬み、睨《にら》んできたり嫌味を言ってきたりする。

恋人や婚約者のいないオメガは攻撃的で、なんでベータ因子の強いあんたなんかがと目の敵状態だ。特にひどいのは、ときおり悠希をパーティーに誘ってくれたオメガで、「ボクの引き立て役のくせに！」とヒステリーを起こしていた。

少し傷つきはしたが、やっぱりそう思っていたのか……とも思う。いつもニコニコと可愛らしいが、ちょっとした言葉の端々にその考えが漏れ出ているのに気づいていた。学部が違うし、パーティーの誘いも断るようにしていたから、そう交流もない相手だ。

他のベータの女性たちやオメガたちだって、同じ大学というだけで関係のない相手だった。

（だから、気にしない）

睨まれるのも、絡まれるのもいやな気持ちになるが、友人たちはすぐに悠希を庇《かば》って言い返してくれるし、いちいち落ち込んだりしないようがんばった。

友人たちは宣言どおり門のところまでついてきてくれて、将宗にも挨拶をしている。それが効いているのか、それともやはり賄賂なのか、将宗はいつも友人たちへの手土産を持たせてくれた。

それがサンドイッチやパニーニといった、しょっぱい系で腹に溜まるものというあたり、男子学生が分かっているなぁと感心する。

自分では手の届かない店のサンドイッチに身悶《みもだ》えする様子を思い出して、悠希はクスリと笑ってしまう。

「なんだ？　何かおかしかったか？」

不思議そうに将宗に聞かれて、悠希は笑いながら謝る。

「あ、すみません。ローストビーフを食べてたら、友達のことを思い出しちゃって。この前、将宗さんにもらったサンドイッチが厚く切ったローストビーフサンドで、みんな食べながら美味しすぎるって悶えてたんですよ」

「ああ、なるほど。手土産は喜んでもらえているようだな」

「はい、すごく。みんなちゃんと昼を食べているはずなのに、美味しい美味しいってあっという間になくなります。すごいですよね」

「あの子たちはみんな、感じがいいな。さすが悠希の友人だ」

「将宗さんのおかげで親しくなれました。ボク、今、大学でちょっと目立ってしまっているので。パニーニやサンドイッチ分働くぞ～って、ガードしてくれています」

「うん、こちらの意図をちゃんと理解しているあたり、頭もいい。みんな、外部入学生だろう？」

「はい。高校からの持ち上がりの人たちは固まりがちなので、どうしてもグループが分かれますね。金銭感覚も合わないし」

大学にはいくつかの学食とカフェテリアがあるが、はっきりと価格帯が分かれている。カフェテリアのほうが全体的に高いのである。

悠希たちはお茶がタダで飲める学食を利用しているが、持ち上がり組はカフェテリアを利用することが多かった。

「悠希の友人たちは、悠希に恋心を抱いていないようで安心したということで……やはり、問題は私の父親だな。あの人が悠希を……というより、ベータ因子の強いオメガを歓迎するはずがないから。両親の遣いが来ても、たとえそれが私の両親本人であっても、ついていかないでほしい。車に乗ったり、人目のない場所は絶対にダメだ」

「はい」

「それと、残念ながら鳥井も安心できない。鳥井の家系は代々我が家に仕えていて、お家大事といった意識が強いんだ。私のためと言われれば、私を裏切りかねない」

将宗の乳兄弟だという鳥井は、今は秘書として将宗につき従っている。ボディーガードとしての訓練も受けていて、悠希と出会う前は全幅の信頼を置いていたとのことだった。

けれどやはり将宗の番にベータ因子の強い突然変異オメガというのは許容できないようで、

事あるごとに反対だと言ってくるらしい。

「ああ、それと、手切れ金を持ちかけてくる可能性がある。何百万……もしかしたらそれ以上かもしれないが、受け取らないでくれると嬉しい」

将宗らしくない心配そうな、不安そうな表情に悠希にはキュンとくるものがある。

落ち着いた大人の男性である将宗のこんな表情はなんとも可愛く見え、それが自分のためだと思うと喜びが込み上げる。

「買収されたりしませんよ」

そう言うと目に見えてホッとして、また胸がキューッとする悠希だった。

（将宗さんのこういうとこ、好きだなぁ。将宗さんの番になるのって、どんな感じなんだろう……）

オメガに生まれた以上、番の存在には心惹かれるものがあるが、知識でしか知らないのだ。

「あの、将宗さん。アルファとオメガの番って、どういう感じなんですか？　ボクの親戚や知り合いはベータばかりなので……」

「ああ、そうだな……やはり、普通の夫婦よりずっと繋がりが深いと思う。番になると体が変異し、互いの匂いが最上級に感じられるという話だ。性的に他の人間には興味がなくなるとのことで、本当にそういうふうに見える。八神家は代々なかなか子供が生まれない家系で、母も私を産むまでに八年かかったそうだから、オメガの愛人を作るべきだという意見は多かったらしい。売り込み攻勢もすごかったようだし」

「えっ、でも、オメガ……なんですよね？　それなのに八年？」

「ああ。本当に、子供ができにくいんだ。祖母もオメガだが、やはり大変だったらしい」

考えていた以上に、子供が生まれにくい。番がオメガなのに子供一人というのは珍しいが、ないことではない。それでも第一子が生まれるのに八年……祖母のときも同じだと聞くと驚いてしまう。

「それは……早く結婚しろ、番を見つけろとせっつきたくなりますよね。オメガなのに八年も子供ができないなんて……」

「父は、番の母一筋だから、いい夫婦だぞ。愛人の話は検討すらせずに断っていたようだ。愛しあっているのが如実に分かる、素晴らしい経営者でもあるし、悠希のこと以外に関しては尊敬できる人なんだが……」

両親の番関係を好ましいと言う将宗からは、両親に対する愛情が伝わってくる。それなのに、いざというときはすべてを捨てると言ってくれている。嬉しくないはずがないし、ジーンと胸が熱くなった。

将宗と会うたびに「好きだなぁ」と思うことが増え、どんどん溜まっていく悠希だった。

★
★
★

将宗との逢瀬《おうせ》は回数を重ねていき、毎回楽しい時間を過ごせる。

そして将宗には、何度か家族に会いたいと言われていた。

悠希は意を決して、家族が揃った夕食の席で、切りだしてみる。

「ええっと……あの、ね。実は今、アルファの男性とお付き合い……まではいってなくて、その前のお試し段階なんだ」

「あら」

「……その言い方は、まだ付き合っているわけじゃないということか？」

「うん、そう。相手がちょっと難しい立場の人で……八神将宗さんっていうんだけど、八神製薬を経営している八神家の、一人息子なんだ」

「一人息子か……」

「八神製薬……大手ね。評判はいいし、新薬の研究にも積極的なところだわ。そこの一人息子……」

さすがに両親には、なぜ悠希が簡単に付き合えないのかすぐに理解できたらしい。

悠希がベータ因子の強い突然変異のオメガということにコンプレックスを抱いているのを知っているので、表情も難しいものになっている。

「いったい、どこで知り合ったの？」

「将宗さん、慶青の卒業生なんだよ。それで、大学に講演に来てて知り合った。薬学部オンリーの講演だったのに、他の学部の女の子たちが大挙して押し寄せて、追い返されてたよ」

「なるほどねぇ。アルファなら見目麗《うるわ》しいでしょうし、八神製薬の御曹司となれば玉の輿のチャンスだものね」

「そんな人と、悠希がお付き合いか。しかし、一人息子となると……」

ベータ因子が強い悠希なので、相手方の反対は必至だ。だから悠希が傷つくことになるのではないかと両親は心配している。

「ええっと……それで、将宗さんがみんなと食事をしたいって言ってるんだけど……」

「顔合わせか……私としてもお会いしたいところだが、今月はちょっと難しいな」

「そうね。お父さんと私の予定が合う日がないわね」

「そうなんだ……」

ガッカリしたような、先延ばしができてホッとしたような複雑な気持ちでいると、悠真がはいはいと手を挙げる。

「お父さんたちが無理でも、ボク、会いたい！　兄さんのデート相手がどんな人か知りたいもん」

「デ、デート……」

「ああ、それはいいな。悠真は人見知りしないし、意外と人を見る目があるから」

「お父さん、『意外と』は余計。人を見る目があるでいいじゃん」

「はいはい。その見る目で、悠希のお相手を見てきてくれ。まぁ、悠希の様子からして、悪い人ではなさそうだが」

「了解！　将来のお義兄《にい》さんになるかもしれない人なんだから、しっかり観察するよ」

「お、お義兄さん……」

悠希が悠真の言葉に照れているうちに、話はどんどん決まっていく。

将宗に、両親は今月は難しいけれど弟が会いたがっているとメールをしてみれば、すぐにOKの返事がきた。

二日後ということに決まって、迎えた当日。

家まで車で将宗が来てくれて、悠真と挨拶をする。

「初めまして、八神将宗です。お兄さんと、お付き合いを前提としてお会いしています」

「天野悠真です。よろしくお願いします」

まずは店に向かおうということで車に乗り、車中で将宗が悠真に話しかける。

「悠希は、どんなお兄さんかな？」

「すごく綺麗で優しくて、ご飯も美味しいんですよ！　年が離れているからかなぁ？　友達たちのお兄さんは意地悪で乱暴だって言ってるから」

「年が近いと、喧嘩《けんか》になりがちなのかもな。もっとも、悠希の性格からして、年が近くても優しそうだが」

「そうでしょう？　友達が遊びにくると兄さんがオヤツとか出してくれて、みんなに優しくていいなぁってうらやましがられました。自慢の兄さんなんです」

「うんうん、分かる。綺麗で、優しくて、誰だってうらやましがるだろうな」

褒《ほ》め殺しにされているようないたたまれない思いで黙り込んでいる悠希とは反対に、二人は楽しそうに悠希の話をしている。

将宗は悠真しか知らない悠希の話を聞きたいようで、店に着くまでの三十分、悠希の話題で盛り上がった。

精神的な疲労を感じつつ車を降り、少し歩いた先にあったのは、有名な老舗《しにせ》の洋食店である。以前、会話の中で「悠真は洋食が好き」と言っていたのを覚えていたらしい。

名前を言うとすぐに奥まった席に案内され、メニューが渡された。

悠希たちのメニューには値段が載っていないが、すごく高いことは知っている。場所柄もあって、オムライスやカツレツ……大抵の料理が二千円以上するはずだ。

「私のおすすめは、この店の名物のオムライスセットだね。オムライスにハンバーグとエビフライ、ナポリタンがついて、カニクリームコロッケかメンチか選べるんだ。ちなみに、どっちもすごーく旨い」

「すごーく旨いんだ……カニクリーム？　メンチ？　どっちも好き〜っ」

わずか三十分の間にすっかり将宗に懐《なつ》いた悠真が贅沢な悩みにうんうん唸《うな》っているので、可愛いなぁと思いながら悠希は提案をする。

「違うのを頼んで、半分こしようか？　そうしたら、どっちも食べられるよ」

「それ、嬉しい！　兄さん、ありがと」

「どう致しまして」

「では、オムライスセットを三つだな。私はカニクリームにしよう。好きなんだ、これ」

将宗が注文してくれて、ほどなくして運ばれてきた料理に悠真が美味しそうと目を輝かせる。

ワンプレートになっていて、なんとも盛りだくさんな感じが嬉しい。

「いろいろ食べられるのがいいだろう？　たまに、こういうのが食べたくなるんだ」

「お子様ランチの大人バージョンですね。ナポリタン、久しぶり」

カニクリームコロッケとメンチを半分に切り、悠真と交換して食べ始める。

「うわぁ。このハンバーグ、すごいお肉感。美味し〜い」

「ああ、この店のハンバーグは、挽《ひ》き肉だけでなく、包丁で叩《たた》いて細かくした肉も入っているんだよ」

だから食べごたえがあるのかと、悠希は納得する。

「なるほどー。それは大変な手間ですね。入れるなら牛肉だろうし、コストもかかりそう。贅沢なハンバーグだなぁ」

牛肉の量にもよるが、一個あたりの原価が倍くらいになりそうだ。さすが有名店だけあると感心してしまう。

「うーん。エビフライもプリップリで美味しい」

「このカニクリームコロッケ、すごくなめらか」

悠真と美味しい美味しいと言いながら食べていると、将宗がニコニコして見つめている。

「な、なんですか？」

「いや、悠真くんといる悠希は可愛いと思ってね。一人でいるときは凛《りん》とした感じなのに、悠真くんといると雰囲気が優しく、丸くなる」

「そう……ですか？」

「ああ。とても可愛い」

甘く見つめられて悠希が照れると、悠真がふわわと妙な声をあげる。

「なんか、甘々。ボク、将宗さんをお義兄さんって呼ぶことになるの？」

「な、な、何言って……」

将宗を前に、弟がとんでもない発言をしたぞと動揺する悠希だが、将宗は嬉しそうにうんうんと頷く。

「それはいい！　お義兄さんか……素晴らしい響きだな。ぜひ、呼んでほしい」

「いやいや、何を言っているんですか。そういう冗談はやめてほしいんですけど」

「本気だが」

「いやいや、さすがにそれはどうかと……」

まだ出会ってから一月《ひとつき》も経っていない。いくらなんでも気が早すぎる。

「将宗さん、すごい格好いいし、ちゃんと兄さんのこと好きみたいだから反対しないよ。……でも、独占されちゃうと、ボク、寂しいんだけど……」

「そのあたりもきちんと考えよう」

「わぁい。ありがとう」

「………」

将宗と悠真の顔合わせは、悠希が思っていた以上にうまくいったようだった。

★
★
★

将宗と悠真が友好的な雰囲気になったことで、肩の荷が一つ下りたような感覚がある。

家庭教師の件も両親と悠真に話すと、三人とも大いに乗り気でぜひお願いしたいということになった。

それを将宗に伝えると、家庭教師に話を通して、近いうちに引き合わせてくれるという。

次に将宗と会ったのは、三限で講義が終わる日だ。たいていは、そう遠くない店でお茶をするということになる。

けれどこの日、いつもとは違う車で将宗が自ら運転し、連れていかれたのは一等地にある瀟洒《しょうしゃ》なマンションである。

「母方の祖父母に、成人祝いとしてもらったマンションだ。この最上階に住んでいる」

「せ、成人祝いにマンション？　部屋じゃなく、マンションそのもの……ですか？　スケール、大きすぎる気が……」

「母方は、いわゆる土地持ちでね。どうせ相続税でガッポリ持っていかれるからと、少しずつ贈与し始めているらしい。おかげで会社からの給料の他に、家賃という不労所得があるわけだ。あれこれやって増やしたから、過度な贅沢さえしなければ生きていける程度の資産はあるから安心していい」

「はぁ……」

すごいですねとしか言いようがない。アルファの金持ちはレベルが違いすぎて、あっけに取られてしまう。

「私が住んでいるのがどういうところか、悠希に見せたい。上がっていってくれるかな？」

「……」

返事ができなかったのは、もしかしたらを考えてしまったからだ。

何しろすでにプロポーズされている状態で、お付き合いを前提に会っていて、将宗は大人の男性で——どうしても大人のお付き合いに誘われているのかと考えてしまう。

悠希のためらいは将宗には分かりやすかったのか、クスリと笑われてしまった。

「大丈夫。部屋を見てもらうだけだ。手を出したりはしないよ」

「う……」

「神に誓う……と言っても、そう神を信じているわけでもないしな……悠希と、悠希との未来にかけて誓う。絶対に、手出ししたりはしない」

「……」

熱い瞳で見つめられ、悠希はカーッと顔を赤くしてコクコクと頷いた。

将宗にとっては神より、悠希との未来のほうが大切なのだと思うとのぼせそうになる。

一番奥のエレベーターは将宗専用とのことで、カードキーを差し込むとすぐに扉が開いた。

最上階で降りると扉が二つある。

「二世帯でも暮らせるよう、作ったらしい。あっちは今、誰も住んでいない」

「もったいないですね」

「鍵がついているとはいえ、中で行き来ができるようになっているから、人に貸したくないんだ」

　将宗は自分が住んでいるほうの扉を開けると、玄関で靴を脱いで中を案内してくれる。

「ここが浴室、ここがトイレ、客間、私の寝室、書斎……」

　一つ一つが広くて綺麗だし、部屋数も多い。それにリビングは素晴らしく広いうえに、ベッドにできそうな大きさのソファーセットがあった。

「……一人で暮らすには広すぎないですか？」

「ああ。使っていない部屋が、いくつもある。――あの扉が、隣と繋がっているんだ」

「隣も同じ広さなんですか？」

「あっちのほうが部屋が二つ少ないが、他は同じだな」

「贅沢ですねぇ」

　こちらの部屋だけでも、充分二世帯で住めると思う。

「もう少し時間に余裕があれば、プレイルームでも作るんだが。……それでだな、見てもらったとおり部屋は余っているし、隣も空いている。……悠希が住むのも、悠真くんを連れて越してくるのも問題ない。ご両親が家にいないときはここで過ごして泊まっていけばいいし、こちらでもあちらでも、実際に見てもらって、好きな部屋を悠真くん用に整えよう」

「………」

今のはどういう意味だろうと、悠希は首を傾げる。

「ええっと……ボクと将宗さんがお付き合いしたとして、やがてここに住むとしたらの話ですか？　ボクの部屋はあるし、悠真を連れてきてもいい、連れてこないにしても悠真の部屋を一つ……もしくは隣を悠真に使わせてもらえる？」

「そういうことだな。ご両親が仕事で留守がちな家に、悠真くんを一人で置いておきたくないんだろう？　私としても、悠希が一人で何をしているのかやきもきするより、悠真くんと一緒にいてくれたほうが安心できる。実際に悠真くんに会って、悠希がなぜ放っておけないのか理解できたことだし」

「理解……できました？」

思わず口ごもったのは、悠真の可愛さに将宗がやられてしまったのではという不安からだ。悠真の庇護欲をそそる可愛さは、アルファにも通じるかもしれないと思ったのである。

「ああ。十四歳という年齢より、幼く見える。見た目だけでなく、あの無邪気さと素直さは少々危険な気がするな。あの子は、本当にベータなのか？」

「ベータなんですよ。両親も誤判定を疑って再検査してもらったんですけど、ベータなのは間違いないとのことです。うっかり間違えて発情期がきたら大変なので、念入りに検査してもらったそうなんですけど」

「そうか。それなら安心だな」

「はい。でも寂しがり屋の甘えん坊なので、なるべく一人にしたくなくて……」

まさか将宗がそんなことまで考えていてくれたなんてと、込み上げるものがある。遊びではなく本気なのだと言われている気がした。

それに悠真を語る将宗の口調は穏やかなもので、熱っぽさがないのにも安心できた。

感動する悠希に、将宗がニヤリと笑って言ってくる。

「悠希を逃がさないために、デメリットばかりではなく、メリットもしっかり伝えていかないとな。家族の大反対に遭い、会社を辞めることになっても住むところはあるし、生活の心配はないと分かってもらえたかな?」

「はい」

このマンションの家賃収入だけでもかなりありそうだし、アルファが職探しをすればいくらだっていい条件の仕事が見つかる。資金があるなら自分で起業してもいいわけだし、アルファが仕事に苦労することはまずなかった。

ましてや将宗は、アルファの中でも特別な気がする。それなりの数のアルファを見てきた悠希の目にも、将宗は他のアルファとは別格だと分かっていた。甲斐性《かいしょう》という意味では、これほど頼もしい相手はいない。

だから悠希が気にしていたのは、「家族の反対にあってまで好きでいてくれるか」と、「悠真を一人にできない」という二点だ。将宗はそれを聞いて、どちらも大丈夫だと目に見える形で悠希に教えてくれた。

（将宗さん……本当に、本気でボクのことを好きって思ってくれているんだ……）

嬉しいと思い、信じていい人だ、好きになっても大丈夫とじんわりと胸が熱くなった。そして改めて、自分が将宗をどう思っているのか考え始める。

（光り輝くアルファの中でも将宗さんは特別で……そんな将宗さんに惹かれるのは当然で……）

番の相手として、これ以上ないほど最上級だ。どんなオメガだって、将宗に選ばれたら大喜びで頷くに違いない。

でも、そんなことは関係なく、将宗自身に惹かれている。将宗から目が離せなかったのは、自分も一目惚れに近かったからなのではないかと思う。

けれど将宗のように確信を持てるかというとそうではなく、将宗が魅力的すぎるがゆえに一目惚れのように感じている可能性もあった。

（ちゃんと考えなきゃ……）

魅力がありすぎる相手というのは困ったものだと思いつつ、悠希は将宗との未来に対し、真摯に、前向きに考えることにした。

悠希の中で、日々将宗の存在が大きくなっていく。

将宗について考えると、何やら胸が熱くなる。気恥ずかしかったり、熱っぽくてフワフワした感じになったりで、どうにも落ち着かなかった。

これまではその感覚から目を逸《そ》らしてきたが、ちゃんと考えてみれば好きなのだと分かる。

そもそも将宗のような魅力的なアルファにプロポーズされ、愛を囁《ささや》かれ続けて、好きにならないはずがない。

考えれば考えるほど、将宗が好きだなぁという結論しかないのが分かった。そして結論が出たタイミングで、急遽《きゅうきょ》、両親の休みが重なることになる。

夜勤を主体とし、猛烈に忙しい両親と深い話をできる機会は少ない。

二人とも休みの日は半日くらい爆睡し、悠希が作った弁当を食べながら録《と》り溜めてあるバラエティー番組で笑うのを楽しみに毎日の勤務をがんばっているのだった。

悠希が講義を終えて買い物をしてから帰宅すると、悠真まで寝間着に着替えて居間でゴロゴロしながらテレビを見て大笑いしていた。

「あ、兄さん、お帰り～」

「お帰りなさ～い」

★
★
★

「今日の夕食は何かな？　お父さん、鍋だと嬉しいんだけど」

病院の食堂では絶対に食べられない料理ということで、ここのところ鍋をリクエストされることが多かった。

「はいはい。そう言うと思って、ちゃんと鍋の材料を買ってきたよ。今日は魚介たっぷりの塩ちゃんこ鍋。あと、日本酒ね」

「きゃあ！　さすが悠希。分かってるわね」

「よーく冷やしてくれ。塩ちゃんこなら、締めは……」

「ラーメンでしょ？　それも買ってきたから」

「ああ、もう、うちの子、最高！　気が利きすぎて怖いわ〜」

「お父さん、早めの夕食を希望します！」

「それじゃ、すぐに支度するよ。悠真、手伝《てつだ》ってくれる？」

「は〜い」

悠真と二人で手分けをして、鍋と酒の摘《つ》まみにもなりそうなおかずを作る。

「兄さん、キンピラの味付け、チェックして〜」

「はいはい。……んっ、美味しい。でも、もうちょっと辛めのほうがいいかも。あと、ゴマを散らしてね」

「分かった〜。唐辛子、追加っと」

できた料理をテーブルに並べ、すでに煮ておいた鍋をカセットコンロの上に載せる。

「「「いただきます」」」

鍋の中身を各自で掬《すく》いつつ、熱い熱いと言いながら食べ始める。

「鶏肉《とりにく》とホタテ大好き～」

「悠真、ちゃんと魚も食べないとダメよ」

「食べるよ～、このあとで。魚は嫌いじゃないけど、鍋に入ってる魚はあんまり美味しいって思わないんだよね」

「あっさりしてて、旨いのになぁ」

「美味しいわよねぇ。日本酒にピッタリ。キンピラも美味しいわぁ」

「それ、ボクが作ったんだよ！」

「あら、すごいじゃない。ピリ辛具合も最高」

「うー……それは兄さんのアドバイス……まだまだかぁ」

「ボクが中学生の頃より、悠真のほうが上手《じょうず》だよ。アドバイスしたのも、もうちょっと辛めにっていうことだけだし。キンピラをこんなに上手に作れる中学生って、すごいと思うな」

「えへっ」

ワイワイ喋《しゃべ》りながら食べ、鍋の中身がごっそり減ったところで締めのラーメンへと移り、スープもすべて飲み干してしまう。

「あ〜、美味しかった。お腹いっぱい」

「兄さんってば、バターとコーンまで入れるんだもん。美味しくて食べ過ぎた……」

「あれは反則だな。魚介の旨味がたっぷり出た塩バターコーン……胃袋の限界に挑戦してしまった」

「ご飯も食べてたし、四人で三玉は多いかなと思ったんだけど、見事になくなって嬉しいなぁ。洗うのが楽だ」

　食べ過ぎて横になっている三人に、悠希は機嫌よく聞く。

「食後の飲み物、コーヒーと紅茶、どっちがいい？」

「コーヒー」

「コーヒー」

「ボクは紅茶で〜」

　テーブルの上を片付け、食器を洗って飲み物を淹れる。

　それらを持って居間に戻ると、三人ともノロノロと起き上がった。

「はぁ、いい香り……」

「コーヒーが旨い……」

「眠気覚ましじゃなく、嗜好品《しこう》としてのコーヒーって贅沢ねぇ」

「病院の自販機のコーヒーは旨くないからなぁ」

悠希もコーヒーは好きなので、専門店でちょっとお高めの豆を、香りが飛ばないうちに飲みきれるようにと少しずつ購入している。

香りを楽しみながら、一息ついたところで悠希は将宗の話を切り出した。

「あの……前に話した八神将宗さんのことなんだけど……ええっと、できれば番になりたい……と思ってて……」

「あら、プロポーズされたの？」

「いや、うん、まぁ……」

まだ会話もしないうちにプロポーズされたことはさすがに言えずに言葉を濁すと、悠真がニコニコしながら言う。

「そっかー、プロポーズされたんだ。ご飯に連れていってもらったときも、将宗さん、兄さんに激甘のメロメロだったもんね。なんか、こう……可愛い可愛いっていう声がずーっと聞こえてた気がする」

「そうか、それならいいんだが……私たちは、アルファとオメガのことは分からないからね」

「悠希がその人を好きなら、応援するわ」

「ありがとう」

無条件で受け入れ、支えてくれるという両親に、悠希の胸はほっこりする。

「あの……将宗さんは悠真のことも考えてくれて、もし、その……番になったら、悠真の部屋も作ってくれるって」

「え？　どういうこと？」

「将宗さん所有のマンションがあって、そこの一番上の階が二世帯の造りになってるんだ。それに将宗さんが住んでいるほうも部屋がいくつか余ってるから、お父さんたちが留守のときは泊まっていけばいいって言ってくれてる」

「ええっ、何、それ。すごい話ねぇ」

「さすがアルファ……余裕があるな」

「ボ、ボクの部屋？　それって、兄さんがお嫁に行っても、一人でここにいなくていいってこと？」

　スケールの大きな話に、三人とも驚いている。

「そうだよ。将宗さんは八神製薬の跡継ぎでもあるから、ボクが相手だと間違いなく大反対されるだろうけど、家族と縁を切って会社を辞めても大丈夫って言ってくれたんだ」

「まぁ、情熱的。悠希のために家族を捨ててもいいということ？」

「そう言ってくれた」

「悠希は、オメガといっても突然変異タイプだからね。そうも惚れ込んでくれるアルファがいてくれてよかった。やはりオメガには、アルファの番がいたほうが安定するらしいし」

「今はいい抑制剤があるとはいえ、やっぱり番がいるに越したことはないらしいものね」

よかったよかったと両親に賛成され、祝福されてホッとする。

大丈夫だろうと思ってはいたが、肩の荷が下りた気持ちだった。

「将宗さん、お父さんたちにも会いたいって言ってくれてるんだ。でも、二人とも夜勤続きだし、なかなか休みも合わないしねぇ」

「うちは一人若い子を寄越《よこ》してくれるって言っていたから、少し楽になると思うわ」

「シフトが決まったら、教えてね」

「分かった」

「会うの、楽しみだわ～」

そうはいっても、今月はもう両親の休みが合う日はないので、来月へ持ち越しとなる。

両親との顔合わせには特別な意味があって――まだそこまでの心の準備ができていない悠希としては、時間稼ぎができてありがたかった。

★　★　★

両親に将宗の話をした翌日。

四限までの講義を終えて大学を出た悠希は、友人たちと別れて地下鉄の駅に向かっていたところを、ガッチリした体格のスーツ姿の男性に呼び止められる。

「天野悠希さんですね」

「……はい」

思いっきり警戒する悠希に、男性は言う。

「八神将宗様のお父様が、あなたと話をしたいとおっしゃっています」

男性が手で指し示した先には、黒塗りの高級車がある。

ついにきたかと思いつつ、悠希は警戒したまま男性についていった。

「どうぞ、お乗りください」

「えっ、それは無理です」

本当に将宗の父親の遣いか分からない男についてきただけでもまずいのに、車になんて乗るはずがない。

悠希が断ると、中から扉が開いて男性が顔を覗《のぞ》かせた。

「天野悠希くんだね。八神宗長《むねなが》……将宗の父だ。キミと話がしたいので、乗ってくれないか？」

「……」

アルファ独特のオーラと覇気《はき》。何よりも将宗にそっくりのその顔が、将宗の父親だということを示している。

さすがに大企業を背負っているだけあって、迫力がある。将宗と同じ青い瞳に見据えられて服従しそうになったが、悠希は将宗の言葉を思い出して首を横に振る。

「すみませんが、車には乗れません。将宗さんにそう言われているので。近くのカフェでしたら、ご一緒できますが」

「なっ……!! 宗長様に、なんという失礼を！」

スーツ姿の男性が目を剥《む》いて怒りを露《あら》わにするが、宗長は苦笑するのみだ。

「……よい。そういきり立つな。ベータ因子の強いオメガと聞いているが、私の『願い』を断れるとはな。どうにも意外だ」

「……」

やはり何か仕掛けていたのだろうかと、悠希は首を傾げる。

「まぁ、いい。そのカフェとやらに行こうではないか」

「はい」

車の奥には女性もいて、一緒に降りてくる。そしてすぐ近くのカフェへと移動し、奥まった席を選んだ。

どうやらコーヒーは、二人を守るためについてきた護衛の男性たちが運んでくるらしい。彼らは今も、悠希たちの席を囲むようにして座っている。

「単刀直入に言おう。将宗と別れてくれ」

「……本当に、単刀直入ですね」

「遠回しに言うのは、時間の無駄だからな。子供が生まれにくいアルファの中でも、八神家は家系的にさらに子供が生まれにくい。ベータ因子の強いオメガなど、とんでもない話だ。将宗にはより優れたオメガの女性——将宗の好みが男というなら、最高のオメガ男を選ばせる。キミに特に思うところはないが、ベータ因子の強いオメガでは困るのだ」

「はぁ……」

悠希は気が抜けたような声を出す。

事前に将宗に言われていなければショックを受けたかもしれないが、悠希は「将宗さんが言ってたとおりだなぁ」と思うだけだった。

「そういうことは、ボクにではなく将宗さんに言うべきだと思うんですけど」

「何度も言ったが、聞かんのだ。見合いをさせても断ってばかりの困ったやつだと思っていたが、よりによってベータ因子の強いオメガとはっ。理想が高いのではなかったのか？　なぜベータオメガなど……信じられん！」

よほど憤っているのか、口調が荒くなっている。将宗が悠希に言わないだけで、父子《おやこ》の攻防はかなり激しかったのかもしれない。

「あれを説得するのは難しい。なので、キミのほうから別れてくれ。なに、タダとは言わん」

そう言いながら宗長が胸ポケットから取り出したのは、一千万円の小切手だ。これも、将宗が予想したとおりである。

（将宗さん、すごい……）

父親は息子を説得するのは無理と分かっているし、息子は父親の行動を見事に読んでいる。ある意味、とても相互理解している父子だった。

「こんなもの、受け取れません」

「これでは足りないと言うのか⁉　なんて強欲なんだ‼」

宗長は激昂《げきこう》し、憤怒《ふんぬ》の表情を浮かべる。

「いえ、額の問題ではなくてですね……」

「はした金より、アルファの夫のほうがいいということか⁉　確かに八神家の妻の座は、こんなものとは比べものに並んだろうが、私は絶対に認めんぞ！　お前を将宗の嫁になどするものかっ」

カッカしている宗長を宥《なだ》めたのは、宗長の隣で黙ってコーヒーを飲んでいた女性だ。

「……あなた、そう興奮なさらず。この方、お金では動きそうにありませんわよ。私が、八神家の当主の妻がどれだけ大変か教えて、説得しますから。あなたはお仕事に戻ってくださいな」

「いや、しかし……」

「会議の時間が迫っているのでは？　大切な会議なのでしょう？」

「むっ、そう言われると……」

宗長は腕時計を確かめ、渋面で言う。

「……仕方がない。任せたぞ」

「はい。いってらっしゃいませ」

宗長にボディーガードらしき男性が二人ついていき、女性は改めて自己紹介してくる。

「宗長さんが怒鳴ったりして、ごめんなさいね。私、将宗の母で美咲《みさき》と申します」

「天野悠希です。よろしくお願いします」

「よろしく……はどうかしら？　あなたもお聞きのとおり、将宗を諦めてもらうためにここにいるわけだから」

「そう……ですね……」

「実際のところ、八神家の妻は大変よ。本当に、子供が生まれにくいの。オメガのお義母《かあ》様も私も授かるまで何年もかかったし、一人しか産んでいないんだもの。それが八神家の家系的なものと分かっていても、ずいぶんと胃の痛い、つらい思いをさせられたわ。それが、ベータ因子の強いあなたとなれば……悪いことを言わないから、やめておきなさいな。それがあなたのためよ。万が一ベータの子供でも生まれたら……ちょっと怖くて考えられないけれど、ろくなことにならないと思うの」

眉を寄せて心配そうな様子を見ると、本当に悠希のことを心配してくれているらしい。おっとりと優しそうな女性だ。

「私、将宗を授かるまでに八年もかかったのよ。まわりからのプレッシャーといろいろな思惑交じりの労《いたわ》り……宗長さんに愛人を勧める人もたくさんいてね、本当につらい八年だったのよ。宗長さんのことを愛しているけれど、逃げ出したいと思ったことも数えきれないほどあるわ」

だから本当にやめておいたほうがいいと何度も言われる。

「でも……さっきも言いましたけど、まずは将宗さんの説得を……それに、あの……ボクたち、まだちゃんとお付き合いをしているわけではなくてですね。お付き合い前のお試し段階なんです」

「はい？」

「会ったその日に結婚してくれ、番になってくれと言われましたが、無理でしょう？　まだ知り合ってもいない人と交際というのもどうかと……なので、お付き合いするか決めるための交流段階でして」

「でも……もう何回も会っているのよね？　お泊まりはまだのようだけれど、デート自体は重ねているということでしょう？」

「お互いを知るための会合……なんですけど。デートと言われると照れるというか……」

もう、将宗のことが好きだというのは分かっている。けれどそれを将宗に伝えるのは勇気と切っ掛けが必要だった。

「そういうのって、何回くらい会ったら返事をするものなんでしょう？　その場合、やっぱりボクのほうから切り出すわけですよね？」

「そうねぇ。どうなのかしら？　私は普通に何回かデートに誘われてから申し込まれたから……そう考えると、オメガのほうから切り出すのって珍しいかもしれないわねぇ。私たち、基本的に受け身だもの」

「そうですよねぇ」

アルファよりオメガのほうが少ないので、オメガは愛を請われる立場になることが多い。パーティーに行けば何人ものアルファに誘いをかけられるし、好みのタイプがいないなら次のパーティーを待てばいい。焦る必要はないのだ。

もっとも、アルファの中でも格差はある。一子しか生まれないとはいえ、上流階級にあたる八神家の妻の座を獲得するのはなかなか大変そうだった。

「美咲さんは、お見合いですか？　パーティー？」

「どちらでもないのよ。母と食事をしているときに、宗長さんのご一家と出会ってね。ご挨拶したとき、デートに誘われたの。若い頃の宗長さんも素敵だったわぁ」

「顔のよく似ている父子ですよね。将宗さん、ああいうナイスミドルになるのかぁ」

年を経ても端整な顔はまったく崩れることなく、少しの皺《しわ》と貫禄《かんろく》を増していて迫力があった。

二人でうっとりとして、そういう場合じゃなかったと我に返る。

「えぇっと……なんでしたっけ？」

「八神家の妻は大変なのよ……という話だったわよね？」

「そうでした。美咲さんはオメガ因子の強いオメガなわけですよね？」

「ええ。うちの家系はアルファとオメガばかりなの。しかも私の母の兄妹はみんな、三人から五人の子供がいるのよ。姉のところもすぐに赤ちゃんができたし……それなのに八年も子供が授からなかった恐怖といったら……嫁ぐ前はそのうちできるでしょなんて楽観的だったけれど、二年、三年と経つうちに追いつめられていったわねぇ。八年目でようやくできて嬉しかったけれど、今度はこの子がアルファじゃなかったらどうしようっていう恐怖がくるの。だって、八年もできなかったのよ？　一子しか生まれないのが何代にもわたって続いているし、もしオメガだったら？　ベータだったら？　そう考えると産むのが怖くてね……ああ、思い出したくない記憶だわ。宗長さんのことは大好きだけれど、あんな思いをさせられるって分かっていたら二の足を踏んでいたかもしれないわねぇ」

「将宗さんがアルファでよかったですね」

アルファとオメガばかりの子だくさん家系の女性でも、一子しか生まれないという家の呪縛はすごかったらしい。

しかもたった一人となると、ようやく妊娠できてもオメガだと困るし、万が一ベータなんていうことになったら……と、戦々恐々の毎日だったというのだ。

「将宗が生まれて本当にホッとしたけれど、次の子を諦めたわけではなかったのよ？　私は四人兄妹で育ったし、子供は多いほうが嬉しいもの。でも、できなかったの。多産家系の我が家でもダメってすごくない？　呪いでもかかっているのかしら」

「アルファの中でも、特に能力の高いアルファは、すごく生まれにくいっていいますよね？　八神家はそれなのでは？」

「その説はもちろん知っているけど、妻としては呪いとしか思えないわ。妊娠に特化しているオメガが、八年も子供を産めないなんて。兄や姉には三人も子供がいるのに、私だけ一人しか産めないのも悲しかったわねぇ」

アルファの良家に嫁いだオメガは、アルファの子供をなるべくたくさん産まなければいけないという重責を負う。どの家も、二人以上は絶対に欲しいと思っている状態だ。

「何度も逃げ出したいと思ったって言われましたよね？　もし子供を産めなかったら？　将宗さんのお父さんと番になったことを後悔したと思いますか？」

「難しい質問だけど……そうね、後悔はしたと思うわ。オメガに生まれて、番もいて、子供が授からないなんてありえないもの。……それでも宗長さんに出会ったら、好きになってしまうと思うの。どんなにつらい思いをしても、宗長さんの番が他の人間になるよりマシよ。宗長さんの番は、誰にも渡せないの」

「美咲さん……」

その気持ちは、悠希にも分かる。

自分はオメガといってもベータを産む可能性が極めて高いから、将宗の番には他のオメガを選んだほうがいいと思っている。

頭ではちゃんとそう理解しているのに、将宗が他の相手をその腕に抱くのかと思うと、胸が締めつけられるように痛んだ。

いやだいやだと、心が訴える。自分ではダメなのに、自分以外を選ばないでくれと思ってしまった。

重くなった空気を振り払うように、美咲が明るい声で言う。

「――ああ、甘いものが食べたいわ。ケーキと、お代わりのコーヒーをお願いしようかしら。悠希くんもいかが？　ここのケーキ、何がおすすめかしら？」

「チョコレートが美味しいですよ。オーナーがチョコレート好きで、フワフワタイプもどっしりタイプもすごく美味しいです。ボクはフワフワタイプが好きなんですけど」

「あら、素敵」

そう言いながら美咲が軽く手を上げると、すぐ近くの席に座っている男性がサッと立ち上がる。

「コーヒーと、やわらかいタイプのチョコレートケーキを二つずつお願い」

「かしこまりました」

スーツを着ていても分かる胸の厚みを持った筋肉質な男が三人、自分たちの席を囲むようにして座っていた。

「ボディーガードですか？」

「ここは日本だからそんな必要はないと思うのだけれど、宗長さんはああ見えて意外と心配性なの。将宗も受け継いでいるから、あなたにもついていると思うわよ」

「えっ⁉　ボクに？」

「ええ。だって、ベータ因子の強いオメガに、八神家が反対しないはずがないもの。力ずくで排除されないよう、手を打つでしょうね。あなたの負担にならないよう気を使っているということは、将宗は本気よねぇ。困ったこと」

「ボディーガード……」

そんなものを見た覚えはない。美咲についているこの三人のようにガッシリとした男がつきまとっていたら、気がつかないわけがないと思うのだ。

「ボディーガードにも二種類あるのよ。牽制《けんせい》の意味もある体格のいいタイプと、まわりに溶け込めるタイプ。悠希くんには後者なのでしょう。……あ、ケーキが来たわ。美味しそう」

美咲は嬉しそうにいそいそとフォークを取り、パクリと食べる。

「うう〜ん、美味しい。本当に、フワフワ。チョコレートのクリームに、砕いたナッツが混ざっていて、触感も楽しいわ。それに、このチョコレート……最高級のカカオを使っているわけではないのに、すごく美味しい……バランスね。バランスが絶妙なんだわ。どっしりタイプも食べたいから、買って帰ろうかしら」

「それなら、生チョコもぜひ。口の中でとろけるんですよ」

「まぁ、素敵。生チョコ、大好きなの」

「ボクもです。大学の近くに、安くて美味しいチョコレートの店があってラッキーだなぁ」

「そんなにお安いの？」

「高級チョコは、一粒五百円以上したりしますけど、ここのは百円ですもん。生チョコも、一箱四百円です」

「あら、本当にお安いのね」

「大学生の客が多いので、この辺りの店は安くて美味しいデザートを出す店が多いんです。この近くのフルーツパーラーのケーキも美味しいですよ。季節のパフェが絶品です」

「まぁ、素敵。学生の頃を思い出すわ。いつでもケーキやパフェが食べたかった時代よ。お小遣いと相談しながら食べていたのよねぇ。久しぶりにあちこち回ってみようかしら。この辺りのおすすめのお店、教えてくれる？」

「はい。ええっとですね……」

悠希は思い出せるかぎりの店の名前を挙げ、美咲はそれをメモに取る。
いつの間にか悠希への説得はどこかに消え、美咲とデザート談義で盛り上がった。
連絡先も交換して、それじゃあまたと手を振って別れたその帰り道、電車の中で、悠希は
「あれ？」と首を傾げたものである。

★
★
★

両親と弟に将宗のことを話し、とっくに将宗が好きになっていると自覚した悠希は、いつそれを伝えよう、どう伝えようと落ち着かない。

今日こそ……と思うのに、実際に将宗に会うとフワフワするし、うまく切り出せないしでなかなかうまくいかない。

いざとなると難しいものだなぁと思ってしまった。

次こそは絶対……と意気込んでいたその日、講義を終えて帰宅のために電車に乗り、自宅のある駅を出たところで呼び止められる。

「天野悠希さんですね」

黒のスーツを着ていても、筋肉がたっぷりあるのが分かる。見るからにボディーガード然とした男である。

「はい……」

また宗長だろうかと警戒しつつ答えると、男はパールピンクのゴツい高級車を手で指し示しながら言う。

「宇田川理沙《うだがわりさ》様が、あなたと話をしたがっております。どうぞ車にお乗りください」

「お断りします」

「なっ！　宇田川のお嬢様の誘いを断ると⁉」

驚くようなことではないだろうと思いながら、悠希はきっぱりと言う。

「ボクは、宇田川さんという方がどなたか存じ上げません。それに、本当に宇田川さんかどうかも分からないですし」

「ああ、それならこちらをご覧ください」

そう言って男は運転免許証と、宇田川家の警備担当と入った名刺を見せてくる。

「名刺なんて、誰にでも簡単に作れるんですけど……運転免許証を見せられても、車で誘拐されたら誰にも言えないわけだし……ああ、その運転免許証、写真を撮って知り合いに送ってもいいですか？」

「いや～、それはちょっと……」

「ボクとしても、身元の分からない人についていくのはちょっと……ましてや、車に乗れなんて言われても困ります」

「それはそうでしょうが、本当に宇田川家の警備担当なんですよ。理沙お嬢様の護衛をしておりまして――……」

その言葉を遮ったのは、その理沙お嬢様らしき女性だ。

バンと勢いよく扉を開けて、車の中から飛び出してくる。

「ちょっと！　いつまでモタモタしてるのよ。のろまなんだから、もう‼」

手入れの行き届いた長い髪、綺麗に化粧した美人で、体にぴったりとした大人っぽい服とハイヒールを履いているが、どこか板についていない。女性というより、少女といったほうがよさそうな若さだった。

「……宇田川理沙さん？」

「そうよ！　あなたが天野悠希ね。将宗様をたぶらかした、最下層オメガッ。どんな妖艶な美人かと思ったら、地味じゃない。顔は悪くないけど、男だし、地味だし、ベータ因子の突然変異でしょ？　どうして将宗様はあなたなんかを好きになったの？」

「それは本人に聞いてください」

「聞いても、お答えしてくれないんだもの。私から会いに行っても、恥ずかしがってすぐにどこかに行かれてしまうし……」

「……恥ずかしがって？」

それは、どう考えても将宗のキャラクターに合わないと、悠希は首を傾げる。恥ずかしがってではなく、面倒くさがっての間違いじゃないかなと思った。

つまり理沙は、将宗に相手にされていないということになる。いくら大人びた格好をしていても高校生くらいのようだし、過去に将宗と男女の関係にあったとはとても思えなかった。

少しばかり安心しながら、早く帰りたい悠希は理沙に言う。

「とにかく、本人じゃないと分からないことをボクに聞かれても困ります。こうしてボクの顔を見たことだし、もう行っていいですよね」

地元の人がたくさん行き交う駅の前で、言い争いはしたくない。それにパールピンクのゴツい高級車は悪目立ちしていた。

悠希はさっさと立ち去ろうとするが、理沙に引き留められてしまう。

「待ちなさい！　話は終わってないわよっ。私は宇田川家の理沙。私こそが、将宗様の妻になる人間よ」

「はぁ……」

そんな宣言をされても……と、悠希は困惑する。

「私は将宗様に初めてお会いした八歳のときから、ずーっとお慕いしているの。でも、そのときすでに将宗様は大学生で……私がどんなに好きですって言っても相手にしてくれなかったわ。自分でも子供だからだって分かっていたから、将宗様が番をもらいませんように、結婚しませんようにって祈りながら、早く大人になろうとがんばったのよ。ようやく結婚できる十六歳になって、もう二年……どうしてあなたなの？　あなた、将宗様のために何をがんばったって言うのよ！　私の努力に、あなた敵《かな》うの⁉」

「ええっと……努力というと、具体的には何を？」

「ふふん。私、すごくがんばっているんだからね。勉強は苦手なのに、ちゃんと英語は話せるし、フランス語やイタリア語も習っているの。それから外国の方にも受けのいいお茶とお花、週に二回エステに行って磨きをかけてるわ」

「英語はボクも一応、話せます。フランス語も、観光程度ならなんとか……フランス語とイタリア語はいつから習っているんですか？」

「それは……どちらもまだ半年だけど……だって、ようやく英会話の先生から及第点をもらったばかりなんだもの。これからよ。大切なのは努力することでしょ」

努力努力と言うわりに内容が薄いような気がすると、悠希は聞いてみる。

「英会話に、お茶とお花とエステって、お金持ちのお嬢様の標準装備というイメージですけど……他の方々はやられていないんですか？」

「やってるけど……大変なんだからね！　だって私、宇田川家のオメガよ？　何もできなくったって、アルファはみんな私を欲しがるの。結婚できる十六歳になってからだけだって、三十人以上のアルファに告白されたんだから‼」

「それはすごいですね。……断り続けている将宗さんじゃなく、その中から選んだらいかがでしょうか？」

「冗談じゃないわ！　私の運命の番は、将宗様なのよっ。他のアルファなんかじゃダメに決まってるでしょ‼」

「運命の番？」

魂が結びついていて、一目見た瞬間に惹かれるという運命の番——たとえどちらかがすでに番関係にあったとしても、その強固なはずの繋がりさえ断ち切るほどに強く求め合う。

生まれる前から結びつけられた番なだけに、通常の番より深く、濃く愛し合えるという。

美しいアルファとオメガなだけに一目惚れは珍しいことではないし、「この二人こそ運命の番！」とはっきり分かる目印もないので、ロマンチックな伝説のような扱いだ。

アルファとオメガなら一度は憧れ、自分の運命の番はどこに——と夢見る存在。

理沙はその運命の番が将宗だと言うが、将宗は悠希を選んだのだ。そんなはずがないし、そんなのは絶対にいやだと眉を寄せる。

「将宗さんは、ボクのことを好きだと言ってくれています。番になりたい、結婚したいと……あなたが将宗さんの運命の番なんて、ありえない」

「将宗様は、庶民のオメガを珍しがっているだけよ。あの方には名家のオメガたちがアタックしまくっていたから、迫られるのにうんざりしたんだわ。だから地味な庶民オメガもいいなぁなんて、血迷ってしまったのね。お父様もお母様も、そう言っていたもの」

迫られてうんざりというのには悠希も少しばかり納得し、自分への気持ちがただの血迷いならいやだなと思う。

好きだと言ってくれて、大切にされて——悠希も将宗が好きなのに気がついてしまっている。今更なしにと言われても無理な話だった。

「私は、あまりにも幼い頃に将宗様に出会ってしまったから、将宗様は私が運命の番って気がつかなかったのね。今はもう大人なのに、昔の記憶が強くて、私のことをちゃんと認識できないの。そこにあなたが付け込んだのよ！　突然変異のベータオメガのくせに、なんて図々しいっ。将宗様のお父様も私を将宗様の妻にしたいって言ってくれているし、おとなしく身を引きなさいな。みんな、あなたなんてふさわしくない、認めないって言ってるんだからね」

「……」

分かっていても、改めて言われると傷つくものがある。

それでも、大切なのはまわりの人間じゃなくて将宗の気持ちだからと、悠希は揺れる想いを抑え込んで理沙に言う。

「将宗さんは、ボクを選んでくれました。あなたが将宗さんの運命の番なんて、ボクは認めない」

「んまあぁぁぁ……庶民のベータオメガのくせに、なんて生意気なの！　佐藤《さとう》、こいつを痛い目に遭わせてやりなさい！」

激しく憤慨し、怒鳴りつける理沙に対し、佐藤という男は困ったように言う。

「いやいや、ここ駅前ですよ？　すごい注目を浴びているのに、そんなことできるわけありません」

「そんなもの、宇田川の力で捻じ伏せてやるわ」

「無理ですって。こんなところで荒事が始まったら、撮られまくりの、拡散されまくりです。

いくらなんでも、抑えられませんよ」

「この、役立たず！　バカ！　無能‼　お父様に言って、首にしてやるんだから〜っ‼」

揉《も》め事の気配にすでにスマホがいくつか向けられ、理沙の絶叫も撮られているようである。

（うーん、困ったなぁ……）

理沙は甘やかされたお子様だ。十八歳なら高校三年生……道理で大人っぽい格好が板についていないはずだった。

とはいってもオメガなら十八歳で番を得て結婚するのは珍しいことではないので、お子様だからと安心はできない。結婚が早いオメガにとっては、充分適齢期なのだ。

それに自分に自信があるだけあって、理沙は可愛らしい顔立ちをしている。近い将来、素晴らしい美人になるのは間違いない。

だから悠希は、将宗が理沙に惹かれませんようにと祈るしかできない。

「……とにかくボクは将宗さんから離れるつもりはないので。もう、ボクに絡まないでくださいね。失礼します」

言うだけ言って、さっさと歩き始める。理沙とのそれまでの会話からして、これ以上付き合うのは無駄だと分かっていた。

「ちょっと待ちなさいよ！　逃げるんじゃないわよーっ‼」

理沙の怒鳴り声と、まぁまぁと宥める佐藤の声。ボディーガードには子守りも含まれているのかと同情する。

「将宗様の運命の番は私よ！　あんたじゃないっ。私なんだから。それを証明してみせるんだからね——っ。覚悟しなさいよ！」

喚《わめ》き続ける理沙の声を聞きながら悠希は家に向かって歩き、途中のスーパーで買い物をしてから帰ることにした。

何度も溜め息が漏れるのは、やはり理沙のことが気にかかっているからである。

（将宗さんがモテるのは分かってたつもりなのに……）

頭で理解しているのと、実際に将宗にアタックしている人物を目にするのとでは全然違う。

何しろ理沙は見るからにキラキラしたオメガ女性で、もう少し大人になったらお似合いになりそうだった。

いやなムカつきが、胸の中にある。それが嫉妬であり、羨望《せんぼう》でもあるのは分かっていた。

今まで悠希は、数えきれないほどベータに生まれたかった……と思ってきた。家族や親戚はみんなベータだし、ベータ因子の強いオメガなんて厄介事でしかない。

それが今、生まれて初めてちゃんとしたオメガに生まれたかったと思っている。

将宗の隣に立っても、誰も文句を言わないオメガ——番になったことをみんなに祝福されるオメガになりたかった。

ないものねだりと分かっていても思考はついついそちらにいきがちだし、家に帰るまで悠希の溜め息はとまらなかった。

帰宅してしまえば悠真が出迎えてくれて、忙しさに気を紛らわせることができる。

悠真と一緒に買ってきたものをしまい、お腹が空いたと言うので、早めではあるが夕食作りに取りかかる。

特売だったサーモンでムニエルを作り、たっぷりのタルタルソースと具だくさんの味噌汁で夕食をすませる。

そのあと悠真は居間で勉強の続きを始めたので、悠希は理沙のことを将宗に教えておかないとと思い、スマホをいじる。あったことをなるべく簡潔に、分かりやすく書いてメールで送った。

すると、すぐに将宗から電話がかかってきたので、悠希はいったん自分の部屋に引き上げる。

「……はい、悠希です」

『悠希、信じてくれ！　宇田川理沙なんて、私とはいっさい関係がない。確かに彼女が子供の頃から好きだと言われ続けているが、そのたびにきっぱりと断ってきた！』

勢い込んで捲《まく》し立てる将宗は、相当焦っている様子だ。

その余裕のなさに悠希は微笑み、胸に巣食っていたムカムカがスーッと消えていくのを感じた。

「でも……宇田川さん、将宗さんの運命の番だって言ってましたよ。一目で分かったと……」

『なんだ、それは。ありえないっ。私の運命の番は悠希だ‼』

「将宗さん……」

将宗はいつだって、悠希の欲しがっている言葉をくれる。

悠希の不安を消し去ってくれる、魔法の言葉だ。

『どんな妖艶《ようえん》な美女にも心が動かなかった……好ましいオメガもいないわけではなかったが、それが恋に繋がることはなかった私だ。あまりにも心が動かなすぎて、恋愛を諦めかけていたのに……悠希を一目見て欲しいと、悠希は私のものだと強烈に感じたんだ。運命の番というのが本当にあるなら、それは悠希しかいない』

「あ……」

『悠希を愛している。とても好きで、心の底から欲しているんだ』

甘い声で囁かれて、悠希は言葉が出ない。胸が詰まって息をするのも難しく、時間がとまったような気がした。

電話越しじゃなく、将宗に会いたいと強く思う。会って、顔を見て、その青い瞳を見つめ、好きだと、心から愛していると告げたい。

運命の番がいるとしたら、悠希の相手も将宗だと感じている。一目で惹かれ、目が離せなくなったのは悠希も同じだ。とても大切で、特別な存在――臆病な悠希の心を解《ほぐ》そうと待ち続けてくれた。

けれどやはり電話ではなく、将宗の目を見て愛していると言いたい。

悠希は震える声で、「宇田川さんのこと、もう気にしません。将宗さんを信じます」と言うのにとどめた。

★
★
★

将宗に今度会ったら絶対に、すぐにでも告白すると心に決める。

気が逸《はや》り、早く早くと思うのに、あいにくと将宗の仕事が忙しくなってしまった。

なんでも、悠希とのことについて再び文句を言ってきた宗長が、将宗と話をしているうちに癇癪《かんしゃく》を起こして、「私はしばらく休みを取る！」といきなり休んでしまったのだという。そしてそのまま箱根の別荘に行ってしまったせいで、将宗は寝る暇もないくらい仕事に追い立てられているらしい。

合間に電話をくれる声には疲れが感じられて、悠希は心配だった。しかも宗長は電話を一切取らず、社員が迎えに行っても使用人に門前払いを食らい、取りつく島がないからいつ復帰するのかも分からないとのことだった。

（将宗さん、大丈夫かなぁ……心配……）

けれど、そのおかげで時間が空き、それでも将宗が好きだと、今度こそ言うんだという気持ちが揺るがないことを確認できた。

それにしても、宗長はいったいいつ戻ってくるんだろうと考える悠希のスマホに、当の本人から電話がかかってくる。

講義の合間の昼休み、弁当を食べ終えてまったりとした時間を過ごしていたときだ。登録していない番号だったから、思いっきり警戒しながら出たら、宗長だったのである。

　将宗について話したいことがあるから出てきてほしいと言われるが、悠希は断る。

「箱根の別荘に籠《こ》もっているんじゃなかったんですか？」

『箱根なんて、戻ろうと思えばすぐだ……いいから、出てきなさい。大切な話だ』

「お断りします。このあとも講義がありますし」

『それでは仕方ない。端的に、事実だけ告げることにしよう』

　どこか嬉しそうなその声に、悠希は不吉な予感を覚える。

『将宗は今、ホテルで女性と会っている。オメガの女性で、発情期中なんだよ』

「発情期中⁉」

『そうだ、発情期中だ。最初の発情期では、なぜか妊娠しにくい。そのためその女性は、将宗を想って一人でその最初の発情期に耐え、今は二回目なのだ。いかなるアルファも、発情期中のオメガのフェロモンには耐えられないからな。二度目の発情期で三日も四日もベッドに籠っていれば、子が授かる可能性が高くなる。妊娠できなかったとしても、良家の子女と発情期を共にしては、責任を取るしかあるまい。そのために理沙さんは貞操を守り抜いたのだからな』

「理沙さん⁉　宇田川、理沙さん？」

『知っているのか？　そうだ。その、理沙さんだ。彼女は子供の頃から一途《いちず》に将宗を想っているからな。家柄もいいし、将宗にふさわしい』

「……」

あの思い込みが強そうな理沙なら、それくらいやるだろうと思う。何しろ将宗を運命の番と思い、絶対に妻になると意気込んでいるのだ。

捨て台詞《ぜりふ》の「将宗の運命の番であることを証明してみせる」という言葉を思い出し、こういう意味だったのかと唇を噛みしめる。

発情期のフェロモンで将宗を虜《とりこ》にしたところで運命の番の証明にはならないが、実際に番になってしまえば宗長と理沙の思惑は成功ということになる。

『つい先ほど、将宗が理沙さんの待つ部屋に入ったという報告が来た。これでもう、将宗が彼女とベッドを共にするのは確実だ。そういうわけで、将宗のことは諦めるように。理沙さんはとても美しく健気《けなげ》な女性だから、将宗もすぐに好きになるだろう。キミには悪いが、八神家の子がベータでは困るのだよ』

言うだけ言って宗長は電話を切り、悠希は呆然《ぼうぜん》とスマホを見つめてしまう。

「――――」

将宗が理沙とベッドを共にしていると考えると、胸が切り裂かれるような痛みが走る。そんなことを信じたくないが、相手が発情期中のオメガとなるといくら将宗でもフェロモンの誘惑には勝てないはずだ。

アルファですら敵わないオメガのフェロモン――凶暴なほどに甘く濃密なそれが強力すぎる

からこそ、オメガには抑制剤が国から出されているのである。

発情期中のオメガに手を出しても罪にはならないし、うっかりや故意による発情期で周囲に迷惑をかければ、オメガが罪に問われることもある。

恥も外聞もない理沙のやり方は、将宗が訴えたら理沙を犯罪者にすることもできた。オメガが故意にフェロモンで相手を意のままに操るのは、今や立派な犯罪になるのである。もっとも、相手としても名誉なことではないので、それで捕まったオメガはわずかしかいなかった。

(将宗さん……)

オメガの発情期は、オメガを番に持つアルファにとっての「天恵《てんけい》」であり、意に添わない欲情をもたらすことはアルファとベータにとっての「厄災《やくさい》」でもあると言われている。

最初の発情期では体の変化が激しすぎるからか、妊娠したという事例がない。その代わり、二度目、三度目の発情期では、かなりの確率で妊娠していた。

けれど発情期は、肉体的にも精神的にもきついものである。何しろ、発情期中の三日から五日間……眠っているとき以外はずっと発情しっぱなしなのだ。過ぎる快楽は苦痛に感じるほどで、体力のさほどないオメガはボロボロになると言われている。

そもそもオメガは発情しなくても妊娠しやすいので、抑制剤で発情期を抑え込んだまま番を得て、発情期を知らずに生きていくのが主流になっていた。抑制剤が飛躍的に進歩してきたおかげである。

昔は発情期のせいで就職もままならなかったオメガだが、今は不意な休みを取ることなく通学や通勤ができる。いきなり外で発情期に入って襲われるということもなくなり、オメガの自殺率も格段に減って、ベータに羨まれる存在へと変わっていた。

「厄災」とまで言われる発情期のフェロモンには、アルファといえど逆らえない。理性も意志も吹き飛び、その身を食らい尽くしたい、子が欲しいという本能剥き出しになるらしい。フェロモンを嗅《か》いだ男も女も狂乱状態になるとのことだから、厄災と言われても仕方がないのかもしれない。

いくら将宗でも、発情期のフェロモンを嗅がされては抵抗できない。

気が狂わんばかりの最初の発情期を一人で乗り切ったという理沙……その理沙を、将宗が抱く。本能のまま、激しく求める……考えたくない、想像したくない行為だ。

それが今、どこかで起こっているのかと思うと、胸が潰れそうに痛かった。

（や……いやだ……いやだ、いやだ、将宗さん――っ‼）

悠希の心が、悲鳴をあげる。

顔色を蒼白《そうはく》にした悠希が呆然としたままスマホを見つめていると、心配した友人たちに声をかけられる。

「おい、大丈夫か？　今の電話、なんだって？」

「ご家族に何かあったとか？」

「……」

頭がグラグラしてうまく考えられないでいると、再びスマホが鳴る。そこには将宗の名前が表示されていた。

「将宗さん！」

慌てて通話ボタンを押して呼びかけると、『悠希、悠希……』と名前を呼ばれる。

「将宗さん、大丈夫ですか？　今、どこにいます？」

『今……？　今は、タクシーの中だ。家に、戻る……』

「ああ、よかった。逃げられたんですね。……さっき、将宗さんのお父さんから電話があって、何があったか聞きました。えっと、ボク、将宗さんのところに行きたいです。行きます。住所を教えてください」

フェロモンを嗅いでしまった将宗が逃げ出せたのは奇跡に近いが、ただですまないのは分かっている。すでに体の中に取り込んでしまったフェロモンに苦しめられているはずだ。オメガのフェロモンは強烈な媚薬《びやく》のようなものだから、嗅いでしまえばその影響は大きい。

実際、電話越しの将宗の声は苦しそうだった。すぐにでも駆けつけたいが、マンションの詳しい場所が分からない。車で一回連れていってもらっただけなので、辿《たど》り着く自信がなかった。

『いや、しかし、講義があるだろう……』

こんなときに、そんなつらそうな声で何を言っているのかと、悠希の胸が締めつけられる。

好きで好きで、愛おしくてたまらないと震える。

「講義なんかより、将宗さんのほうが大切です。住所を教えてください」

『ありがとう……』

将宗から住所を聞いて、悠希は荷物をまとめて立ち上がる。

「ボク、次の講義、サボるから」

「分かった。ノートを取っておくから、大丈夫だ」

「ありがとう」

「八神さんによろしくな～。いつも旨いお裾分《すそわ》け、ありがとうって伝えてくれ」

「うん」

将宗の餌付《えづ》けが、しっかりと効果をもたらしている。悠希は快く送り出され、大学を飛び出してタクシーに乗った。

運転手に住所を伝えてマンションに駆けつけ、インターホンを押す。

「将宗さん？　悠希です」

『今、開ける……エレベーターも、使えるようにしておくから……』

「はい」

カチリという音とともに入口のドアが開き、将宗専用のエレベーターが一階へと下りてくる。

自動的に開いたそれに乗って最上階へと向かい、鍵のかかっていなかったドアを開けて部屋の中へと入った。

玄関で靴を脱ぎながら将宗に声をかけると、「こっちだ……」とリビングのほうから聞こえる。

駆けるようにして行ってみると、将宗がソファーで横になっていた。

眉根を寄せた何かに耐えるような表情と、強く握り締められた拳。小刻みに体が震え、見るからに苦しげだ。

「将宗さん‼」

悠希は鞄を放り投げると慌てて駆け寄って、熱でもあるのかと額に手を当てる。

「大丈夫ですか？　熱は……なさそうですね。どこか痛いところはありますか？」

「いや……これは、フェロモンを嗅いだ後遺症だ……」

「ああ、やっぱり……」

厄災なんて言われるだけはある。無事に逃げ出した将宗がこんなに苦しそうなのだから、どれだけの威力なのか考えるのも怖い。

将宗は今、フェロモンによってオスの本能を刺激され、体内で荒れ狂う欲望と戦っているはずだ。頑《かたく》なに目を瞑《つぶ》って悠希を見ないようにしているのも、それ以上刺激されないようにだと思う。

必死で衝動と戦う将宗に、悠希は胸が熱くなる。

アルファですら抗えないと言われている発情期のフェロモンを嗅いだのにここにいるのは、

きっと悠希のためだ。悠希を裏切るまいと、激しい誘惑に耐えたに違いない。

そう思うと嬉しくて、恋心が高まって、涙が出そうだった。

悠希は将宗に抱きついてその頬にキスをする。

「将宗さん、ありがとう……宇田川さんの発情期のフェロモンを振り切ってくれて、すごく嬉しい」

「当然のことだ。フェロモンごときで、興味のない女を抱いてたまるかっ」

余裕がないからか、言葉遣いが荒い。けれどそれも悠希には愛おしく思える。

出会った日の、焦って動揺している将宗を思い出した。大人の包容力と優しさで見守ってくれる将宗も好きだが、こういう将宗も好きだと感じる。

「……ところで、少し離れてくれないか？　悠希からくっついてくれるのは嬉しいが、今はまずい」

「ふふ……将宗さんは理性的だなぁ。ボクは、その覚悟でここに来ましたよ」

「なんだって？」

将宗が驚いて目を開き、上体を起こす。

「将宗さんのお父さんから発情期中の宇田川さんをけしかけたって聞いて、でも将宗さんの電話があって……どういう状態なのか、少し考えれば分かります。自分が、将宗さんのところに行く意味も」

「しかし……それはダメだろう。いくら苦しくても、私はそんなふうに悠希を抱きたくない」

「そう思ってくれるのは嬉しいけど、ボクなら大丈夫ですよ。あの……ずっと言いたくて、でもずっと言えなかったことがあって……」

悠希は将宗の目を見つめ、勇気を出して言う。

「将宗さんのことが、好きです。番にしてください」

「悠希……」

「出会ったあの日……将宗さんが追いかけてきてくれて、ボクがベータかオメガかも分からないのに、結婚してくれって言ってくれたの、すごく嬉しかった。ボクはベータ因子の強いオメガだから、いろいろ複雑で……でも将宗さんは、ボクがベータでもオメガでも関係ないって言ってくれました」

「一目で、欲しいと思ったんだ。悠希がベータだろうが自分のものにする、誰にも渡したくないと強く思った。あんな衝動は初めてで、冷静さを欠いた行動になってしまったが」

「それが、ボクには嬉しかったんです。もちろん、すごく驚きましたけど。将宗さんが冷静じゃなかったからこそ本気だって思えたし、弟のことも受け入れてくれたし……ボクも、壇上にいる将宗さんに一目惚れしたんです。なんて格好いいんだろう、素敵だなぁって見とれました。パーティーでアルファの人たちにたくさん会っているのに、将宗さんは全然違って、輝いて見えました」

「そうなのか？　ずっと下ばかり見ていたのに」

「なんだか……恥ずかしくて将宗さんが見られなかったというか……」

あのときの気恥ずかしさを思い出してモジモジしながら、悠希は必死で訴える。

「将宗さん、本当に、すごく格好良かったから……なのに見られている気がして、目が合っている気がして、自意識過剰かなぁと……」

「講演中、私はずっと悠希を見ていた」

「やっぱり……おかげでボクはのぼせるというか、なんというか……そのあとも、すごく大切にしてくれたし……」

それが嬉しかったたし、どんどん好きになっていったと伝える。だからこそ、将宗がこんなにも苦しそうなのに放っておくことなどできない。

「それに、好きですって伝えると決めてから一週間以上、何も言えなかったし……運命の番だって言ってもらって本当に嬉しくて、ボクも将宗さんが運命の番だって思って、今度会ったら絶対に好きだって伝えようと思ったのに、将宗さんが忙しくなってしまって……」

「ああ。どうやらそれも父の策略らしい。私を忙しくして悠希と会えないようにして、彼女の二度目の発情期を待っていたんだな。私のほうもあまりの忙しさに、少しばかり注意力が散漫になっていたし」

「ボクたちが番になってからじゃ遅いですもんね。ボクは宇田川さんの宣戦布告を受けて、次に会ったら絶対に将宗さんの目を見て好きって言おうと思っていたのが、結局、こんな形で言うことになっちゃったし……。お付き合いを始めたら始めたでまたやきもきするより、こういうイレギュラーな勢いでしてしまうほうが気が楽かなぁ……と」

悠希は臆病なたちだし、冒険心にも欠けている。未知の物事には恐怖が大きく、いつだって飛び込むまでマゴマゴしてしまう。

だから将宗に気持ちを伝えるのもなかなかできなかったし、体を繋げるのだって同じことになる気がする。将宗がなまじ大人なので待ってくれそうなのが仇《あだ》になる予感があった。

将宗は今初めて悠希の気持ちを聞いたが、悠希は一週間以上前に心を決めている。大人の将宗とお付き合いする以上、いずれは肉体関係になるのだと想定ずみなので、将宗がこんな状態の今、躊躇はない。

「いや、しかし……」

将宗としては、自分がフェロモンに中《あ》てられて欲情しているのがどうしても気になるらしい。

悠希はためらう将宗の唇に、唇を重ねてキスをした。

「――――」

「――――」

唇を合わせるだけで精一杯の悠希だが、将宗にグッと抱きしめられて唇を舌でツンツンされ、思わず開いてしまったところに舌が入り込んでくる。

濃厚で、貪《むさぼ》るようなキス。

熱い舌が口腔《こうくう》内をくすぐり、悠希の舌を捕らえて絡まってくる。

最初は驚愕に硬直していた悠希も、ヌメヌメと動き回る舌の感触にしだいに奇妙な心地《ここち》良さを感じていく。

目が回りそうなキスにポワンとしていると、唇が離れて「愛している」と囁かれる。

「あ……」

耳朶《じだ》を震わせる低く、甘い声。悠希をカーッと熱くさせる。

「ボ、ボクも……ボクも、将宗さんのこと、愛してます」

フェロモンに中てられての行為とはいえ、ちゃんと愛し合っている者同士なのだ。それを確認して、再び唇を合わせる。

今度は悠希も恐る恐る舌を伸ばし、がんばって将宗の動きを真似《まね》てみる。

「んっ、ふ……」

結果は、今度こそ目を回して、中腰で座っているのも難しくなってしまった。足に力が入らず、グニャリと崩れ落ちそうになる。

「おっと」

将宗が慌てた様子でしっかりと抱きしめてくれ、そのまま立ち上がらせられる。そして体が浮いたかと思うと、横抱きで運ばれた。

「…………」

一度見せられた、将宗の寝室。キングサイズの大きなベッドが、悠希をドキリとさせる。海を思わせる色合いのベッドカバーの上に下ろされ、またキスをされて、悠希の心臓はとんでもなく速く脈打っていた。

いよいよなのだという不安と、怯《おび》えと、甘いキスが湧き起こす期待――歯列や頬の内側を舐《な》められ、ゾクゾクとした感覚が腰から這《は》い上がる。

将宗の手は服の上から悠希の体をまさぐり、それがまた悠希をゾクゾクさせる。経験はないが、それが快感なのだと分かる。その証拠に、どんどん体が高ぶっていく感じがあった。

そして将宗の指がシャツのボタンにかかり、外される。

露わになった平らな胸を撫でられると気持ちがよく、指の腹で乳首を擦《こす》られてピリリと甘い痺《しび》れが走った。

ぷっくりと膨らんだ乳首に、将宗の唇が寄せられる。

「あっ……‼」

吸いつかれ、思わず小さな声が漏れた。

吸われるだけでなく甘噛みされ、背中が反り返る。

将宗の手がズボンのジッパーを下ろし、片手で悠希の腰を浮かせて下着ごと脱がされてしまった。

「……」

さすがに、羞恥心が悠希を襲う。

見られたくないとシャツを掻《か》き合わせようとするが、その手を将宗に掴まれ、ベッドに縫いとめられた。そしてマジマジと見つめられる。

「綺麗だな」

「……」

感嘆するような声と、熱く燃える瞳。焼きつきそうな将宗の視線が悠希の体を這っていた。

カーッと、全身が熱くなる。

将宗の視線に煽《あお》られ、キスと乳首への愛撫《あいぶ》で湧き上がっていた欲望に一気に火が点《つ》いた気がした。

下肢《かし》が熱くなって脚を擦り合わせると、将宗がフッと笑って手を伸ばしてくる。少しだけ立ち上がった陰茎を包み込まれ、上下に擦られて、ビクリと腰が跳ね上がった。

「やぁっ!?」

敏感な先端を指の腹で刺激され、ビクビクと体が震える。

再び合わされた唇へのキスは遠慮なしの強烈なもので、悠希はキスと中心への愛撫で目を回すことになる。

どちらに意識を持っていけばいいのか分からない。舌を吸われる濃厚なキスも、手のひらと指とで弄《もてあそ》ばれる陰茎も、どちらも恐ろしく刺激的だった。

「あっ、あ、あん……っ」

絶え絶えの呼吸の合間に、甘ったるい声が漏れるのが恥ずかしい。

将宗の手の動きは性急で、悠希はそう持つことなく欲望を吐き出した。

「……ふぅ、ん……」

頭がクラクラするような陶酔感に浸っていると、将宗が起き上がって服を脱ぎ始める。シャツを脱いだところで悠希は視線を逸らし、その立派な体格が目に入らないようにした。見たら怖くなるような気がしたし、完成された厚い胸板にドキリとしたのもある。

何より、悠希を見つめながら脱いでいた将宗の目が――ギラギラと熱く燃えて直視できなかった。

ドキドキと、速くなった自分の鼓動がうるさい。

心臓が痛いような思いで荒くなった呼吸を整えていると、全裸になった将宗が覆い被《かぶ》さってくる。

シャツを脱がされ、靴下を脱がされ、一糸まとわぬ姿にさせられた。

今度はマジマジと見られなかった代わりに、いきなり俯《うつぶ》せにひっくり返され、腰を持ち上げられる。

双丘《そうきゅう》を開かれたかと思うと、秘孔《ひこう》に湿った感触があった。

「ひっ！」

思わず悲鳴が漏れ、肌が粟立《あわだ》つ。そんなところに口をつけられ、舐められているのだと思うと、赤くなったり青くなったりと気分の上下が激しい。

思いっきりパニックになり、逃げようとしたのだが、腰を掴まれていて無理だった。

「やっ……ま、将宗さん、ダメ……」

「ここで繋がるんだから、しっかり解して、やわらかくしないと。悠希を傷つけたくないが、私も今は余裕がない……」

「う……」

そういえば将宗はフェロモンに中てられているんだと思い出し、いきなり突っ込まれないことに感謝するべきだと理解する。発情期のフェロモンで理性が飛んだ人間は、普通はもっと本能のまま突っ走るはずなのだ。

「ううっ……んうっ……」

悠希はもうそれ以上何も言えなくて、秘孔を舐められ、舌が潜り込んでくる異様な感触に耐えるしかなかった。

気持ちが悪いような、いいような――なんともいえない感覚。鳥肌は消えようとしないが、腰から背筋をゾクゾクと駆け抜けるものが生まれはじめていた。

一度射精して落ち着いたはずの体は再び熱くなり、触れられていない陰茎が立ち上がりかけている。

舌だけでなく指を挿入され、中をいじられると、腰がブルリと震えた。

肉襞《にくひだ》を擦られる感じにまた鳥肌が立ち、甘ったるい悲鳴が漏れてしまう。

「やぁ、ん……あぁ……」

濡らされたそこは将宗の舌と指とをすんなり受け入れ、すぐに二本へと増やされてしまう。

「く、うっ」

さすがに異物感がすごくて苦しいものがあるが、痛みはないからいやだとは思わない。

おかしくなってしまいそうな不安に逃げ出したい気持ちはあっても、相手が将宗なのだからと自分を納得させるだけだ。自ら望んでの行為なだけに、逃げるという選択肢はなかった。

悠希がどうしてもいやだと言ったら、我慢してやめてしまいそうなのが困る。そもそもフェロモンで苦しんでいる将宗のためという理由なのだから、悠希ががんばるしかない。

二本に増やされた指が中を掻き回し、出し入れされる。悠希の体が慣れると指は三本に増やされ、悠希は顔を歪《ゆが》めた。

思わず硬直した体を、将宗の手が優しく撫でてくれる。ただ、その手の感触にすらゾクゾクとしたものが走るのが困りものだ。

指が三本になっても熱くなった体から熱が引くことはなく、悠希は気持ちいいやら悪いやらの感覚に翻弄《ほんろう》されることになる。

「あぁ……ん、あ……」

中を掻き回され、擦られ、ときおりピリリとした疼《うず》きが全身に走り、いつしか悠希の喉から嬌声《きょうせい》が漏れ始めた。

淫《みだ》らに腰が揺れ、自身の陰茎が膨れているのがチラリと視界に映る。悠希の体は、これを快感として捉えていた。

狭いところを広げられる異物感は消えないものの、それを快感に置き換えることで体から緊張が抜けている。

それを見て取ったのか、指が引き抜かれて腰を抱え直された。

やわらかく解れたそこに、熱い塊が押しつけられるのを感じる。

「あ……」

それが何かは、想像できる。けれど見てしまえば怖くなりそうで、悠希は硬直したまま動けなくなった。

「もう、大丈夫だと思う。力を入れないでいてくれ」

「は、はい……」

将宗の声に、余裕がない。解す間もずっと我慢してくれていたんだろうなと思うと、言われたとおり大きく呼吸をして力を抜こうとがんばった。

先端が、グッと中に入り込んでくる。

「——つっ！」

大きすぎると恐怖に体が強張《こわば》ると、将宗はそのまま動かないでいてくれた。

悠希は必死で深呼吸を繰り返し、将宗がそれに合わせて少しずつ中に分け入ってくる。

「うっ、くぅ……うんんっ」

入口をしっかりと解してもらったおかげで痛みはほとんどないものの、圧倒的な質量に異物感がひどい。大きすぎて、そこが裂けるんじゃないかという恐怖もあった。

それでも、やめたいとは思わない。将宗が必死で欲望をこらえてくれていると分かっているだけに、悠希もそれに応えようと思っていた。

（体から、力を抜く、抜く、抜く……）

それだけを頭の中で復唱して、余計なことは考えないようにする。

長い長い時間が過ぎたような気がしたあと、ようやくのことで将宗の侵入がとまる。

なんとか受け入れられたらしいと、悠希はホッとした。そしてそこでようやく、自分の中の将宗を意識する。

熱く、太く、大きな塊。ドクドクと脈打っている。

（これが、将宗さんの……）

とんでもない存在感で、今さらながらよく入ったなと感心する。見てしまったら、無理だと竦《すく》みあがっていたに違いない大きさだった。

「悠希の中は、うっとりするほど気持ちがいい……」

「う……」

そんなことを耳元で囁かれて、悠希はビクリと震える。

思わず腰に力が入り、将宗のものを締めつけてしまった。

「それは、危険な誘惑だな」

「ち、違……」

最後まで言い切る前に将宗が動き出し、悲鳴が溢れる。

「やぁ……‼」

動かれると、かなり苦しい。

ズッズッと引き出され、ゆっくり押し込まれる動きに、悠希は首を振った。

「む、無理……やっ、無理……」

内臓ごと引きずり出されるような感覚は、強烈だ。命の危険さえ感じる。

悠希は無理無理と訴えるが、将宗は少し笑って大丈夫と言い、恐怖で萎《な》えた悠希の陰茎を手のひらに包み込んだ。

「あっ……⁉」

敏感な先端を指で弄られ、ビクビクと腰が震える。

将宗のものを動かされる苦しさで竦みあがっているはずなのに、意識の半分を愛撫に持っていくことでずいぶんと楽になる。

苦痛より、快楽のほうがいい――体は本能に忠実で、中心への感覚を追っていった。

「あっあ……んっ、あぁぁ……」

前への快感で悠希の体から力が抜けたのか、将宗の動きが大胆なものへと変わる。

深く浅く抜き差しを繰り返し、その動きはどんどん速く、激しくなっていった。

容赦なく突き上げられても、痛みはない。抉《えぐ》るように捻《ひね》られると悲鳴が漏れたが、そこには甘いものが混じっていた。

いつしか悠希の腰は将宗の動きに同調し、中を掻き回される感覚を快感として捉え始めていた。

「んぁ、あぁん……あ、あ……あんっ！」

嬌声がひっきりなしに漏れ、奥のいいところを突かれるたびに甘い悲鳴が出る。

抽挿《ちゅうそう》はいよいよ激しくなっていき、勢いよく最奥を突かれた瞬間に悠希の欲望が膨れて、絶頂へと到達した。

「――あぁぁあっ‼」

全身にギュッと力が入って将宗の雄芯《おしん》を強く締めつけることになり、体内で熱が弾《はじ》けたのが分かる。

熱い飛沫《ひまつ》が注がれ、悠希はガクリと脱力する。

ジワジワと染みてくるような感覚に、頭の端で「避妊してない」と思ったが、それどころじゃないとか、八神家は妊娠しにくいっていうから大丈夫かといった思考がグルグルと回る。

少しおとなしくなったものの将宗の雄芯はいまだ悠希の中で存在感を発揮していて、まだ足りないといわんばかりだ。

（フェロモンって……どれくらいで冷めるんだろう……）

覚悟はしたし、将宗ならいいと思っても、たった一度でこれだけ疲れていては、自分の身が心配になってしまう。

フェロモンに中てられているのにこれだけ理性を保ってくれている将宗には感謝しかないが、体格差、体力差を考えると怖いものがある。

実際、力をなくした悠希の体を支えてくれている将宗は、少しずつ膨れはじめていた。

将宗の手が、汗ばんだ悠希の首筋をゆっくりと撫でている。

「悠希……番に、なりたい……」

「あ……」

いよいよかという思いと、本当に自分でいいのだろうかという不安。

アルファとオメガにとって番はとても大切なもので、これからの人生をずっと一緒に過ごす相手だ。血と血で結ばれた契約的なものになるから、そう簡単に離縁はできない。

「ボクで、いいんですか……？」

「悠希がいい。悠希以外は、いらないんだ」

「……………」

嬉しい、嬉しいと、心が震える。

将宗はいつだって、悠希の欲しい言葉をくれる。悠希でいいではなく、悠希がいいと言われるのは、悠希がずっと願っていたことだった。

悠希はコクコクと頷いて、将宗に言う。

「将宗さんの、番にしてください。将宗さんと、ずっと一緒にいたい」

「ありがとう」

礼とともに、将宗の唇が首筋に触れる。

優しく吸われ、舐められ、ゾクリとした感覚が生まれた。

番になるためには、うなじを噛まれて将宗の精気のようなものを注がれる必要がある。相当痛いと聞いているから体が緊張したが、将宗の舌でチロチロと舐められて緩和していく。

気を抜いた瞬間に、歯が立てられた。

「いっ‼」

犬歯が食い込んできて、そのまま噛み千切られるんじゃないかという強烈な痛みが走る。

ガチガチに強張った体を宥めるように将宗の手が優しく撫で、さらに歯が食い込んできた。

「ううっ……くぅ……」

ベッドカバーを握りしめて必死で痛みをこらえていると、噛みつかれたそこから熱いものが入り込んでくるのが分かる。

ドクドクと、首筋が脈打つ。

将宗のもたらす熱は血脈に乗って全身へと広がっていき、それと同時に悠希に奇妙な快感を生じさせる。

何もされていないのに体がゾクリと震え、下肢に熱が集まるのを感じた。思わず腰に力を入れると、まだ入ったままの将宗のものを締めつけてしまうことになる。

ブワッと大きく膨れ、それがまた悠希をゾクゾクさせた。

おかげで首の痛みから気が逸れたし、ようやくのことで歯が離れてペロペロと傷口を舐められたときも気持ちがいいだけだった。

細胞が活性化し、全身が過敏になっているような気がする。

「な、なんだか……体が変……」

明らかな異変に怯え混じりの声が漏れると、将宗が腰にくる低くかすれた声で答えてくれる。

「番になると、体が造り変わるらしい。……痛みは？」

「ない、です。でも、なんか……熱い……」

「私も、同じだ。悠希の匂いが……甘くて、なんともそそる。これが番になるということか」

将宗は首筋に顔を埋めて匂いを嗅ぎ、ペロリと汗を舐める。耳朶を甘噛みされて、「ひゃっ」と声が漏れた。

悠希の中のものがどんどん存在感を増し、凶悪な感じに大きくなっているのが怖い。そして怖いだけではなく、期待している部分があるのが否定できなかった。

裂けると思ったし、今だって大きすぎると思っているが、気持ちよかったのだ。中を擦られ、最奥《さいおう》を突かれる感覚は恐ろしいほどの快感をもたらした。番になった今はきっとさらによくなるだろうという予感があって、余計にドキドキしてしまう。

思わず腰が揺れると、それが誘い水になってか、将宗が動き始める。

「……あぁっ！」

内臓ごと引きずり出されるような強烈な感覚。ゆっくりと押し込まれ、中をグリグリと突かれる異様さ。

これで快感を得られるとすでに知っている体は素直に受け入れ、自ら積極的に追い求める。体中が、番の存在を喜んでいた。

腰を揺らしながら背中にキスをする将宗の唇――悠希の体を這う手――触れたところから愛が伝わってくる。大切に思われているのが分かる。

番になって初めて、番は特別だと言われている意味が理解できた。

好きだという想いは強まり、愛されていると実感できる。ただの繁殖のための行為ではなく、互いを求め合い、確認するためなのだと感じた。

「あ、あ、あ……将宗さん……」

「悠希……愛している」

「んっ。す、好き……好き、愛してます……」

もう、疑う気持ちは微塵《みじん》もない。

将宗の愛も、自分なんかでいいのだろうかという不安も、何もかもが番という特別な関係性の中に溶け込んでいった。

愛し、愛され――悠希は心を開放して将宗にすべてを委ねた。


無事に番にもなれ、二度目の行為も終わって、悠希はグッタリとする。

番になるための儀式は思っていた以上に痛かったし、体が造り変わる感覚は衝撃的なものだった。

けれど、同時に将宗と繋がったのが分かって――今も、それを感じる。

愛されているのだと悠希に思わせてくれ、自信を与えてくれる感覚だ。

ずっと漠然とした不安を抱え続けていた悠希だが、今は、将宗の腕の中に抱きしめられる幸福感と安寧に包まれていた。

それに、理沙のフェロモンに中てられて苦しそうだった将宗もすっかり落ち着いていて、悠希はホッとする。

「もう……大丈夫、ですか？」

「ああ。あの、いやな衝動はなくなった」

「いや……？　いい匂いじゃなくて？」

「実に、いやな感覚だったぞ。オメガのフェロモンは甘くて美味しそうな果物《くだもの》のような匂いと聞いていたが、私には果物が腐りかけて饐《す》えた臭いを放ち始めているような感じがした。性衝動は強烈なものがあるんだが、虫が肌を這っているような感覚を伴っていて、本当に不快だったな」

「それは、また……ずいぶん話に聞いていたのと違いますね」

「そのおかげで、フェロモンの虜にならなくてすんだわけだが。……すでに、悠希という心に決めた相手がいたからかもしれないな。それにしても、あいつらめ」

顔をしかめ、憎々しげに呟く将宗に、悠希は眉を寄せる。

「いったい、何があったんですか？」

「ホテルの会議室で会食しながら契約の細かい部分を確認する予定だったはずが、中に入ってみたらベッドがあって、発情期中のオメガがいた」

「んん？　会議室じゃない部屋に入ったということですか？」

「まさか。ホテルの部屋になんか、入るわけがない。本当に会議室だし、何回か会食で使ったことがあるだけに、疑いもせず中に入ったんだ」

「じゃあ、会議室にわざわざベッドを運び込んだんですね」

なんだかなぁという感じだ。そこまでするかという、呆《あき》れの気持ちもある。

「そういうことだな。残念ながら鳥井は、私ではなく八神家を選んだらしい」

「うーん、どうでしょう……八神家じゃなく、本当に将宗さんを思っての行動かもしれませんよ？　ボクには分からないですけど、アルファの名家は次代に対するプレッシャーがすごいみたいだし。将宗さんの子供がベータとなったら、将宗さんが大変だと思ったのかも」

「もちろんそれはあるだろうが、主《あるじ》を裏切るのとは別の問題だ。主の愚行を諌《いさ》めるのは必要だと分かるが、騙《だま》し討ちで罠《わな》にかけるのは容認できない。信頼できない相手を側《そば》には置けないからな」

「それはそうですよね……主のためにって言って、何をしでかすか分からないのは怖いかも……」

思い悩んだ末でのことなのだろうが、将宗を裏切る行為なのは間違いない。そんな人間を側に置くのは危険だった。

「会議室にベッドを入れて、発情期中の良家のオメガの女性を待機させて、鳥井さんを抱き込んで将宗さんを誘い込む……そこまで用意周到だったのに、よく抜け出せましたね」

部屋の外に出すわけにはいかないのだから、当然、将宗を逃がさないための策も考えてあったはずだ。

「鍵をかけられたうえに、扉の外には鳥井以外の気配もあったから、窓を椅子で割って庭に飛び降りた」

「……はい？」

「腹の立つことに、窓も外側から開けられないように細工をしてあったからな。防弾窓じゃなくてよかったよ」

「窓を割って、飛び降りた……？　何階だったんですか？」

「二階だ。三階だと、ある程度の怪我《けが》を覚悟しなくてはいけないから、その点でも幸運だった」

「ええっ……」

普通の家屋と違ってホテルは天井が高いから、二階といってもかなりの高さがあるはずだ。飛び降りるのには相当な勇気がいりそうなのに、アルファの将宗にとっては大したことがないらしい。

「怪我をしなくてよかったです」

「二階くらいなら、大丈夫だろう」

「ボクにはちょっと難しい気が……よくて捻挫《ねんざ》、悪くすれば骨折ですかねぇ」

「そうなのか？」

「そうなんですよ。オメガやベータは、アルファみたいな運動神経は持っていないので」

「二階から飛び降りただけで怪我をするのか……大変だな」

「うーん？　ボクたちにとってはそれが普通の感覚だからなぁ」

むしろ、二階から飛び降りるのをなんでもないことのように言うほうがおかしいと思う。

「ところで悠希は、しばらく動けないだろう？」

「あー……はい、そうですね」

「悠真くんにこの状況を知られてもいいなら、家まで迎えに行って、泊まってもらうつもりなんだが……」

「う……」

このまま家に連れ帰ってもらっても、夕食の支度などできそうにない。風呂に一人で入れるかすら疑問なほど腰に力が入らなかった。

かといって悠真を一人で一晩家にいさせるのは心配で——でもここに呼べば、悠希が将宗に抱かれたとバレてしまう。それがいやというわけではないが、さすがに今日の今日、しかも身動きが取れない状態を見られるのは恥ずかしかった。

将宗と番になった以上、いずれ分かることではあるものの、もう少し時間を置いて、気持ちが落ち着いたところで教えたかったのに、まさかこんなに体にダメージがあるとは……という感じである。

今までの悠希なら、無理をして家に帰っていたかもしれない。悠真は一人でも食事を作れるし、具合が悪いと言って部屋で寝ていればいい。

けれど、それはいやだと思う。将宗と離れたくない。

番になって悠希の意識は変わり、将宗が唯一無二の存在――何にも代えがたい、ずっと一緒にいたい人だと感じる。悠希はまだ学生で、結婚など遠い話……なんなら無理とさえ思っていたのに、今はもう将宗と別に暮らすことなど考えられない。

（でも、悠真を一人にするのは……）

うんうんと迷いに迷った末、悠希は羞恥をこらえることにした。

「悠真のお迎え、お願いします」

「分かった。その前に、電話で簡単に説明しておくといい。私は入浴の準備をしてくる」

将宗はスルリとベッドから抜け出し、裸のまま堂々と歩き回って悠希のスマホを持ってきてくれる。

「あ、ありがとうございます」

悠希はどうにも将宗を直視できず、視線を逸らしながら礼を言ってスマホを受け取った。

将宗はやはり裸のまま寝室から出ていったので、悠希はホッとして悠真に電話をする。

将宗の家に来てもらうのに、説明がところどころモゴモゴしてしまうのはどうしようもない。

『えーっ、将宗さんと番になったんだ！　おめでとう〜』

悠真の朗らかな祝福をありがたく思いつつ、どうにもいたたまれない。

「あー……うん、ありがとう。それでね、一、二時間くらいあとに将宗さんが迎えにいってくれるから、お泊まりの支度をしてくれる？　悠真のと、ボクのとをお願い」

『ボクのも？　別に今日くらい、一人でも平気だよ。番になれたんなら、二人でいちゃいちゃしてたくない？』

「う……」

相変わらず無邪気に恥ずかしいことを言ってくる悠真に、悠希は胸を押さえながら言う。

「いや、悠真が一人なんだと思うと、ボクが気になって仕方ないから。来てくれたほうが安心できるんだよ」

『分かったー』

通話を切ってしばらくすると、バスローブ姿の将宗が戻ってきて抱き上げられる。そしてそのまま浴室へと連れていかれ、髪と体を洗われた。

「じ、じ、自分で……」

髪はともかく、体は恥ずかしい。悠希はアワアワしながら抵抗するが、いいからいいからと押し切られてしまう。

タオル越しに、体中を這い回る手。足の指の一本一本まで丁寧に洗われ、おかしな気分になりそうなのを必死にこらえた。

猛烈に恥ずかしく、いたたまれない時間だ。

将宗がときおり面白がっているような視線を送ってくるのがたまらず、なんとか興奮せずに湯船に入れられたときには思いきり大きな溜め息を漏らしてしまった。

「せっかく風呂に一緒に入っているのに、時間も、悠希の体力もないのが残念だな」

「……………」

返事はしない。顔を赤くして、聞こえなかったふりをするだけだ。この言葉にうまく返せるだけの経験値は、悠希にはなかった。

そもそも将宗と一緒に風呂に入るだけでものぼせそうなのに、言葉遊びをする余裕などあるはずがない。

濡れた髪を無造作に掻き上げる将宗が、なんとも色っぽい。男の色気、大人の色気を体現しているような姿で、目に眩《まぶ》しかった。

(見たら、危険な気がする……)

将宗が言っていたように、このあと悠真を迎えにいってもらわなければならないし、初めての行為に悠希はヨロヨロだ。その気になった将宗にもう一度抱かれたら、大変なことになってしまう。

しかし幸いにして将宗は余計なちょっかいはかけてこず、しっかりあたたまってから浴室を出る。

大きなバスローブに包まれて椅子に座らされ、髪を乾かしてもらった。それから着替えを持ってきてくれたのだが――……。

「将宗さん、これは？」

新しい下着に、楽そうな部屋着。どちらも新品であり、高級そうで、何より悠希にピッタリのサイズだった。

「いずれ悠希が泊まりにきてくれると考えて、用意しておいたんだ。ズボンのほうはさすがにウエストや裾丈が分からなかったから、調整が効きそうな部屋着にした」

「うーん……」

服のラベルには、悠希でも知っているブランド名がある。いったいいくらしたのか、気になってしまった。

「久しぶりに、楽しい買い物ができた。詳しい服のサイズが分からないのが、残念だったけどな。今度、一緒に買い物に行こう。悠希に着せたい服を、いくつか見つけたんだ」

「ううーん……」

それはやっぱり、試着すら怖いようなハイブランドなのだろうかと、悠希は唸ってしまう。

ご機嫌な将宗の操り人形のように椅子から立たされ、下着や部屋着を着せてもらう。番には極めて甘くなると聞くアルファだが、将宗も悠希の世話をするのが楽しいといった様子だった。

そしてまた抱き上げられてリビングへと移動し、ソファーに座らせられる。体が楽なようにリクライニングを倒され、肘かけには水とテレビのリモコンを置いてくれる気の利きようだ。

いったん寝室に戻った将宗は、服を着て戻ってくる。

「それでは、私は悠真くんを迎えにいってくる」

そう言って唇にキスされ、赤くなっていると将宗は部屋を出ていった。

「うー……て、照れるなぁ……」

恋人ができるのも、誰かとこういう関係になるのも初めてだから、どうにも恥ずかしい。けれどもう将宗とは番なわけだし、普通なんだと自分に言い聞かせながらゴクゴクと水を飲んで気を落ち着けようとした。

「宗長さんのせいで、急転直下の展開……まさか一気に番になっちゃうとはなぁ……」

将宗の想いに応えて好きだと言い、正式なお付き合いへと入って、そのうちに——……なんて考えていたのが全部脇に追いやられてしまった。

こうして実際に番になってみると、その幸福感や充足感に満足しているが、少しずつ将宗との関係を深める過程も楽しみたかったかもしれない。

もっともそれは、あくまでも現状に満足しているからの、贅沢な望みだった。

「ふふっ……番かぁ……」

諦めていた番だが、その存在は話に聞いていたとおり——それ以上に悠希を満たしてくれている。

愛し、愛され、互いを唯一と感じられる幸せ。一緒にいると怖いものはなくなり、大丈夫なのだと思える。

宗長や理沙に対する不安感も、今の悠希にはなくなっていた。

「あんな素敵な人が番なんて、ウソみたいだ……」

愛していると甘く囁く声、熱く見つめる神秘的な青い瞳——逞しい胸や力強い腕、自身を穿《うが》つ将宗の分身などを思い出し、照れてしまった。

「ホント、信じられない……」

夢ではない証拠に体のあちこちが痛いし、腰に力が入らない。かなり大変なのだが、その痛みが現実なのだと教えてくれて嬉しい。

「将宗さんが、ボクの番……」

悠希は誰もいないのをいいことに、ニマニマうふうふしながら甘く幸せな記憶を反芻《はんすう》するのだった。

将宗が悠真を迎えにいったことでできた一人の時間は、悠希の頭と気持ちを整理するのに役立ってくれた。

フワフワとした幸福感にたっぷり浸ったあとは、何があろうと、絶対誰にも将宗は渡せないと再認識する。

(唯一無二って、こういうことなんだ……)

どんな魅力的なアルファも、将宗には敵わない。世界で一番……というより、将宗に代われる相手はいない。将宗だけなのだ。

将宗の番であり続けるために、ベータオメガと蔑まれても闘う決意がついた悠希だった。

そうしていろいろと覚悟が決まったところに、将宗が悠真を連れて戻ってくる。

「ただいま」

「お邪魔しまーす」

玄関のほうから二人の楽しそうな声が聞こえてきて、思わず頬が緩む。

リビングにやってきた悠真は、悠希を見て駆け寄ってきた。

「あ、兄さん。体、大丈夫？　いくらオメガでも、将宗さんみたいに体格のいい人を番にするのって大変そうだよねー」

悠真の無邪気砲が悠希の羞恥心をガッツリ抉り、悠希はうっ……と言葉に詰まる。

「……そういう心配はしないでほしい……」

地味にダメージを食らうなぁと呟く悠希に、将宗がクスクスと笑いながら髪にチュッとキスをする。

「さて、悠真くん、部屋をどこにするか決めようか。空いている部屋を見せるから、好きなところを選んでくれ。まずは、こっちの部屋からだな……」

将宗は悠真を連れて空き部屋を見せ、それから隣へと移る。しばらくして戻ってきた悠真の手に鞄はなく、どうやら隣に決めたらしい。

「あっちにしたんだ」

「うん。夜もこっちとの扉の鍵はかけないでくれるっていうし、ボクがこっちの空間で寝てると、兄さんが落ち着かないかなと思って」

弟に、夜の夫婦生活に気配りされるのはいただけない。まだまだ子供だと思っていたのに、なんとも気の利くことだった。

「……だから、そういう心配はしなくていいって言ってるのに……」

「ボクとしても、夜中にトイレに起きて、気まずい思いをしたくないし～」

悠真はケラケラと笑いながら隣に座る。

「それにしてもすごいマンションだね。しかも隣にボクの部屋を作ってくれるなんて、将宗さんって太っ腹～。どうもありがとうございます。兄さんをよろしくお願いします」

「もちろん、大切にするよ。唯一無二の番だからね。今後、父との話し合いしだいでは会社を辞めることになるかもしれないけれど、見てのとおり大丈夫だから。バタバタしている間、悠希の側に悠真くんがいてくれるのは、私としてはありがたいんだ。警備会社と契約していても、一軒家よりマンションのほうが賊《ぞく》が侵入しにくいから、ご両親が留守のときはここにいてほしいな」

その言葉に、悠希は心配になる。

「あちらの自業自得とはいえ、将宗さんの番になっちゃいましたもんね。また何かしてくるかもしれませんか？」

「私も今回のことについては、腹の底から怒っているからな……本気で脅してやろうと思っているが、そう簡単には諦めないかもしれない。私の安心のために、ぜひ悠真くんと一緒にいてほしい」

「分かりました。悠真もそれでいい？」

「うん、もちろん。うちって平屋の日本家屋だから、マンションに憧れてたんだよね〜」

「分かる、分かる。畳は落ち着くけど、フローリングとソファーっていいなぁって思うな」

話がついたところで、将宗がスライド式の収納棚を開けて鍵を取り出す。

「それでは、二人に合い鍵を渡すが、これはなくさないように気をつけてほしい。他に複製できないから、なくすと扉ごと交換になってしまうんだよ」

「はい」

「わぁ。それは大変！　気をつけます」

「悠希の分は、鞄の中に入れておく」

「ありがとうございます」

悠真はいそいそと自分のキーホルダーに合い鍵をつけているが、身動きが取れない悠希はそうはいかない。

気が利いて助かるなぁと思っていると、今度はタブレットを差し出してきた。

「そろそろ夕食時だからな。好きなデリバリーを選ぶといい」

そう言って画面を操作し、デリバリーのサイトを呼び出す。

一人暮らしの独身男性である将宗はよく使っているらしく、すでに登録してあった。

「おおーっ、すごいたくさん！」

「うちより、お店の数が多い気がする。場所柄かな？」

「この辺、オシャレな店、多いもんね～。ボク、ピザが食べたいな」

「ええ～、ピザ？　うちでも、たまに頼むのに。どうせなら、うちのほうにない店がいいな」

「あ、そっか」

天野家でデリバリーといったらピザだ。食べたくなると、チェーン店の割引キャンペーンを狙って注文している。

だから悠真もデリバリーと聞いて反射的に「ピザ！」と思ったようだった。

「ピザなら、この店が旨いぞ。石釜で焼いているし、自家製のパスタも手打ちで、モチモチなんだ」

「わぁい」

「ん〜っ、どれも美味しそう」

種類はチェーン店のようには多くないが、ピザだけでなくパスタや前菜、肉料理などもある。

「お肉系と、魚介系の両方とも食べたい！」

「パスタは、ペスカトーレが人気ナンバーワンだって」

オシャレで美味しそうな写真に二人でキャッキャしながら選ぶのを、将宗がニコニコと見つめている。

「やっぱり、悠真くんといるときの悠希は可愛いな」

「う……」

番への甘さが駄々漏れだ。

将宗にそんなふうに見つめられると、思わず照れてしまう。

いやがらずに悠真を連れてきてくれたこと、こうして悠真ごと一緒に抱え込んでくれた将宗に感謝し、幸せだなぁと思う。

こんな幸せでいいんだろうかと浸っていると、悠真に呆れた声で言われる。

「あの〜。熱々で甘々なのはいいけど、何にするか決めてからにしてほしいなー。お腹空いてきちゃったよ」

「う……ご、ごめん……」

ちょっとばかり、悠真の存在を忘れてしまっていた。

「ボクはねー。やっぱり、ギガミートとシーフードピザは外せないと思うんだよ。あと、一番人気パスタのペスカトーレ。この、牛肉のタリアッテーレっていうのも食べたい」

食べ盛りの悠真は、夕食で頭がいっぱいな様子なのがありがたい。

将宗もさっきまでの甘い雰囲気を吹き飛ばし、「サラダも食べないとダメだぞ」なんて言っている。

（なんか、いいなぁ……）

穏やかで、ほんわかとした優しい雰囲気。

ここにはあたたかな空気が満ち溢れていた。

★　★　★

翌日、まだ体が万全とはいえない悠希だったので、大学を休んで将宗のマンションにいた。朝食は悠真が作ってくれて、二人ともすでに部屋を出ている。悠真は将宗が車で中学の近くまで送ってくれるとのことだった。

そしてそのあと、将宗は宗長と対決することになる。

父子の仲が決裂するのは悠希の本意ではないが、すでにもう番になってしまった以上、きちんとした話し合いが必要なのは分かる。

意外と直情的な将宗と宗長は似たもの父子なので、売り言葉に買い言葉でひどい決別をするのではないかと心配だった。

だから悠希は将宗たちが出ていくやいなや美咲に電話をし、昨日からの出来事を簡単に説明して、フォローしてもらおうと思う。

『んまぁ。宗長さんったら、なんてことを！　しかも宇田川さんのところの理沙さん？　私は反対だって言ったのにっ』

「反対だったんですか？」

『そうよー。小さい頃から何かと将宗にまとわりついていたけど、甘やかされた子供のまま成長しないんだもの。将宗のお嫁さんになりたいって言いながら、勉強もマナーも全然でね。将宗に突進してくる姿も、まわりの女性を威嚇《いかく》する姿も、とてもではないけど好きになれなかったわ』

「ああ……分かります」

実際に目をつり上げてキーキーと喚いている姿を見ているだけに、簡単に想像できる。

さすがに社交の場であれほど喚き散らすことはないだろうが、それでも目に余る様子だったんだろうなぁと思った。

『オメガには幼さが残り続けるって言われていて、何かと大目に見られることが多いけれど、あれはちょっと無理だわぁ。宗長さんはあの子が子供の頃から将宗一筋なのを好意的に見ているようだけど、私には子供が手に入らないオモチャに固執しているようにしか見えないのよね』

「ああ、なんだか分かるような……すごく子供っぽい人ですもんね。大人びた格好をしているから、余計に子供っぽさが悪目立ちするというか……」

『あら、あなた知ってるの？　そうそう、そうなのよ。宗長さんはあの子のお家《うち》が安定して、二人から四人の子供を産んでいるのを見込んで、いろいろと目を瞑ることにしたんでしょうけどね。……ああ、でも、悠希くんったら、八神家なんて面倒くさい家と縁続きになっちゃうなんて。これからもきっと、大変よ。宗長さんはギャーギャー言い続けそうだし、まわりの人間は将宗にオメガの子を宛《あて》がおうとするだろうし。偶然を装って次から次へと現れるんだから。頭に来るわよ～』

当時のことを思い出して、美咲はプンプン怒っている。

『……でも、まぁ、番になっちゃったんなら仕方ないわよね。あんな子より悠希くんのほうがずっと好きだから、私は応援するわ』

「ありがとうございます」

『別に、ベータの子供しか生まれなくてもいいじゃない。社交界で意地悪されるなら、そんなところに行かなければいいだけの話だもの。八神製薬だって、能力のある人に継がせればいいしね』

「え……」

ずいぶんと割り切ったことを言う美咲に、悠希は驚いてしまう。

『将宗が生まれるまでの八年……いろいろと考えさせられたもの。子供ができないのは私のせいじゃないのにって、何度も泣いて、怒って……八神家がなくなるとしても、それはそういう運命だからだと思うわ』

「美咲さん……」

宗長と別れることを何度も考えたという八年が、美咲にとってどれほど苦いものだったか伝わってくる。

『私は子供が大好きなの。本当は三人だって、四人だって欲しかったわ。だからベータの孫だって絶対可愛がる自信があるの。なんならアルファの男孫が一人より、男の子と女の子のベータ孫が三人のほうが嬉しいかも』

あまり宗長がうるさいようだったら、見捨てて孫を可愛がりに行くという美咲に、悠希はクスクスと笑う。

悠希の気持ちを軽くし、味方をすると言ってくれる美咲に感謝して通話を切った。

「うーん……将宗さん、大丈夫かなぁ……」

父子喧嘩を心配しつつもやることのない悠希は、ソファーで横になりながらテレビを見るくらいしかできない。

決着をつけてくると言ってニヤリと笑った将宗の顔が実に凶悪で、ドキドキしてしまった。

今思い出しても、やっぱりドキドキしまう。

「悪い男の魅力〜……将宗さんってば、悪い顔をしても格好いいんだから、もう」

思わずソファーの上でゴロンゴロンし、「いてて」と腰を押さえる羽目になる。

将宗と番になった浮かれる気分は、一向に収まらない。昨夜も将宗に着替えを手伝ってもらい、同じベッドで抱きしめられて眠って――……。

「あぁぁぁ――なんだろう、これ。幸せすぎて怖い」

子供の頃からわりと落ち着いていた悠希にとって、生まれてはじめてと言っていいほど浮かれ気分がとまらない。

将宗といるときはどこかフワフワした気持ちで、こうして一人になるとうふうふしてしまう。

特に今は両親や美咲への報告も終わり、将宗を心配するくらいしかやることがないからなおさらだった。

テレビは点けているが頭に入って来ず、ひたすら将宗を心配したり幸せに浸ったりということを繰り返した。

そうしていると、まだ昼前だというのに将宗が戻ってくる。

「ただいま」

「えっ、将宗さん？」

将宗は額にチュッとキスをし、隣に座って悠希を抱き寄せる。

「ずいぶん早かったですけど……大丈夫ですか？」

「ああ。父ときちんと話をつけてきた。企てが失敗したうえに悠希と番になったと教えたら、血管が切れそうに怒って面白かったぞ。番を得たアルファには、オメガのフェロモンも効かないからな」

「面白かったって……」

「あんなことをしでかしてくれたんだから、少しくらい意趣返しして当然だろう。ついでに、会社の弱みとなる情報を、証拠とともに突きつけてきた。公表されたくなかったら、悠希とその家族に手を出すなと脅してやったんだ」

「本当にやったんですね」

「もちろん。法には抵触しないと抗弁していたが、倫理的に非難されるのは父も百も承知だ。これを副社長であり、跡取りでもある私が公表すれば、マスコミは大喜びで滅多打ちにしてくるぞ。さすがに倒産とまではいかなくても、株価は大幅に下落するだろうな」

「うーん……薬って、イメージが大切ですもんね」

「ああ。これ以上ないほどのものすごい渋面で、悠希たちには手を出さないと誓ってくれたよ。いや〜、本当に面白かった」

将宗はふっふっふっふっと、悪い顔で笑っている。父親をやり込めたのが、よほど嬉しかったらしい。

「ああ、そういえばついでに、宇田川家にも厳重に抗議しておいた。罠にかかったと悟ると同時にICレコーダーを回したから、発情期でとち狂った娘の気持ち悪い言葉も録れたことだし。そこそこいい車を買えるくらいは巻き上げてきたぞ。これで旅行でも行くか」

「巻き上げてって……」

「慰謝料だ。大変いやな想いをさせられたし、あの娘がやったことは犯罪行為だからな。……考えてみると、これまでまとわりつかれ続けた慰謝料も請求するべきだったか……四、五年前からは目に余るほどひどくなった」

中学生になって行動範囲が広がったからか、それとも思春期に入って恋の病が重くなったか——行動力のある女子中学生の熱烈なアプローチはさぞかし将宗を辟易《へきえき》させたに違いない。

「モテるのも善し悪《あ》しですねぇ」

「ストーカーと盗み撮りが鬱陶《うっとう》しい」

きっとそれも一人二人ではなく、軽く二桁なんだろうなぁと思うと同情するしかない。

「お、お気の毒様です。アルファも大変……」

「アルファにはアルファの、オメガにはオメガの悩みがあるということだ。ベータは我々をうらやんでいるが、実はベータが一番気楽でいい気がするな」

「ですよねぇ。ボクなんかはベータ因子の強い突然変異オメガだから、ベータに生まれたかったってずっと思っていましたよ。その他大勢のほうが気楽でいいです」

将宗もうんうんと頷いて、同意している。

「アルファの特権はもちろんありがたいが、視線に晒され続けるストレスはなかなかのものだからな。外に出るのが億劫《おっくう》になる。私も仕事のとき以外はあまり外出しないな」

だからアルファは意外と出不精が多かったりするらしい。クタクタの部屋着とサンダルでコンビニに――なんていうことをすると、それを盗撮されてネットに流されたりするから気を抜けないとのことだった。

気軽にコンビニにも行けないなんて大変だなぁと思い、そういえば将宗の仕事はどうなったんだろうと疑問が湧く。

「将宗さん、会社、辞めちゃったんですか？」

「いや、今のままだ。私主導のプロジェクトがいくつかあるし、父子喧嘩くらいでそうそう辞められない。会社にそれなりのダメージがあるからな。まぁ、だからこそいざというときはいやがらせもかねて辞めてやるつもりだったんだが」

「はぁ……会社が無事で何よりです。八神製薬の薬はボクもお世話になってますしね」

八神製薬には頭痛薬や風邪薬など、よく効くということでシェア一位の製品がいくつもある。特に頭痛薬と胃薬は、切らさないよう常備していた。

新しく出たのど飴《あめ》も、喉のイガイガがスーッと楽になるから重宝している。八神製薬は、一般家庭にかなり浸透している製薬会社なのだ。

「それじゃ多少父子の間にヒビが入ったものの、今までどおりということですか？」

「そうだな。鳥井を外すから第二秘書を繰り上げることになるが、大きな支障はない。父も私たちが番になった以上、そうそう手出しできないはずだ。とはいえ、ホイホイついていくのはやめてくれ」

「それは、もちろん……あ、でも、お母さんの美咲さんとはスイーツ情報を交換する仲なんですけど。美咲さんと会うのは問題ないですか？」

「……そうなのか？」

「はい。大学近くのカフェでご両親と話をしたとき、そこのチョコが気に入ったみたいで……大学生ってお得で美味しい食べ物の情報が回るのが早いのでそれを教えていて、美咲さんもいろいろ試しているみたいです」

「そうだったのか……子供みたいなところのある人だから、浮き浮き回っているんだろうな」

「ええ。学生の頃を思い出して楽しいみたいですよ」

「ふむ……母は、悠希の味方か。それは大きいな。父は母にベタ甘だから」

「今回のことも、叱《しか》ってくれるって言ってましたけど……冗談じゃないんですか？」

「本気だろう。……うん、それはよかった。母が叱ってくれるなら、あの人もそう動けなくなるだろう。安心要素だな。あとはとっとと籍を入れて、既成事実を積み上げていくか。——ああ、マリッジリングが欲しいな。プラチナで、悠希と揃いのやつだ。どこでオーダーするか……そういえば、悠希の荷物も取ってこないと。体が楽になったら、早速引っ越しだ」

　怒涛の勢いで捲し立てる将宗に、悠希はクスリと笑う。

　こういう姿は、初めて会ったときを思い出す。いきなりプロポーズしてきた将宗と番になり、結婚の話をするなんて思いもしなかった頃だ。

「なんだ？」

「いえ……新生活が始まるのが、楽しみだなぁと思って。指輪も……つけたことないけど、将宗さんとのお揃いは嬉しいなぁ」

「悠希……」

　将宗の声に熱がこもってギュッと抱きしめられ、まずかったかなと思う。

「手の出せない状態でそんな可愛いことを言うとは……なんてひどいんだ」

「あー……うーん……将宗さん、会社に行かなくていいんですか？」

「三日ばかり休みをもぎ取った。あんなくだらない企てのせいでずいぶんと忙しく働かされたからな。今度はあの人の番だ。三日ですませる私に感謝してもらいたいものだな」

「休み、なんだ……」

それは嬉しいと、悠希も将宗に抱きつく。

番になった以上、将宗と住むのは大前提で、ここが悠希の新しい住居となる。馴染《なじ》みのない場所に一人でいるのは心もとなかったから、将宗がいてくれるのは嬉しかった。

それに番になったばかりの今、離れがたい気持ちが強い。将宗もきっと同じで、だからこそ三日の休みをもぎ取ってくれたんだろうなぁと思った。

あいにくと悠希の体が悲鳴をあげるから、こうして抱きしめ合い、キスしかできない。そのキスも濃厚なものになるとちょっと危ないから、チュッチュッと唇を触れ合わせるだけのものだ。

これはこれで気持ちがよくて、うっとりとしてしまう。

みんなが忙しく動き回っている平日なのに、二人は部屋の中でまったりといちゃつくという贅沢な時間を過ごしていた。

★
★
★

将宗が休みの三日間のうち、二日目には悠希の体も復調して動けるようになった。

それでも万全というわけではなかったが、腰を庇いつつ悠真と一緒に朝食を作って学校へと送り出し、将宗の車で家に向かってスーツケースに服などを詰め込む。部屋はこのままにしておけばいいとのことなので、少しずつ運べばいいかと気楽なものだった。

そしてマンションに戻ってそれらをクローゼットに収め、大学で使う本やらを棚に並べると、自分の空間なのだという気がしてくる。

最小限しかない調味料や食材を買い足しに二人でスーパーに行き、あれこれ言いながら選ぶのはとても楽しい経験だった。

午後になると悠真が「ただいまー」と元気よく帰ってきて、今までどおりの日常を感じさせてくれる。順応力にはあまり自信のない悠希にとって、いつもと変わらない悠真の存在がありがたかった。

時間があったから将宗と一緒にレシピを見ながらクッキー作りをしたので、それをオヤツとして悠真に出す。

「わっ、なんか素朴で美味しい～」

「私と悠希で作ったんだ。なかなかの出来だろう？　ちなみにそれは、犬だ」

「犬？　それはビミョー。猫かと思ってた」

「むっ。もう少し、顔を細長くするべきだったか。……ちなみにこれ、龍と蛇なんだが、どっちがどっちだと思う？」

「十二支作ったの？　うう～ん……こっちが蛇かなぁ？　パカッと口を開けてるし」

「当たりだ。やはり、口を作ったのが効いたな」

将宗はうんうんと嬉しそうに頷いている。十二支に挑戦して、成功したものを悠真に出したのだ。

龍と蛇は同じように細長いし、違いを出すのが難しかったらしく、失敗作は焼きたてのうちに胃袋の中に証拠隠滅している。

「……あ、じゃあこれ、猫じゃなくて虎か～。絶対、分かんないや。兎《うさぎ》と猿は分かるけど、他のはビミョー」

「ネズミが難しかった……尻尾《しっぽ》を細くしすぎて、取れてしまうんだ。かといって太くすると、猿になってしまうしなぁ。果物ナイフでの細工は難しいものがある」

「二人して休んで、楽しくクッキー作りしてたんだ。いいなぁ。ボクなんて、今日の体育はランニングで散々だったのにー。しかも給食は野菜炒《いた》めだったんだよ。あんなんじゃランニングの消費カロリーに追いつかないと思う」

食べ盛りの男子中学生にとって、肉が少ない野菜炒めはガッカリメニューだ。人気なのはやはり揚げパン、カレーライス、ミートソーススパゲッティとのことで、自分のときと同じだと笑ってしまう。

「じゃあ、今夜はお肉を焼こうか？　クリームシチューにしようかと思ってたんだけど」

「クリームシチューも大好きだけど、今日はお肉がいいな。ニンニク醤油《じょうゆ》で、ガッツリご飯を食べたい〜」

「はいはい」

そのあとはリビングで悠希も一緒に勉強をして、分からないところを将宗に教えてもらう。

それから三人で協力して夕食作りをし、夜も更《ふ》けたところで悠真が「おやすみ〜」と隣の部屋へと引き揚げていった。

二人きりになると、途端に将宗が甘ったるい目を向けてくる。

優しく、甘く、熱い瞳は悠希の胸をざわめかせる。

そんな状態で一緒に風呂に入れば、盛り上がるのは必然だ。見つめ合い、自然と唇が重なり、互いの体をまさぐり合うことになる。

番になったとき以来だから、ドキドキする。

ボディーシャンプーをつけたヌルヌルする手で将宗の肩や胸に触れ、その逞しさを感じて期待が高まっていった。

やっぱり、下肢は見られない。

それでも興味はあって、将宗の手が悠希の陰茎を愛撫してきたから、悠希も恐る恐る手を将宗のものへと伸ばした。

「……」

まだそれほど膨れていないはずなのに、充分大きい。長く、太く、手に余る質量だ。

これが猛《たけ》ったらどうなるんだろうと悠希は眉を寄せ、今さらながらよく入ったなぁと感心する。

しかも、思いっきり突かれたのに気持ちよく感じたのだからすごいと思った。

好奇心のまま形を確かめるように手を動かしていると、ムクムクと膨れ、立ち上がってくる。

(お、大きい……)

怖い、無理っと反射的に怯えてしまう大きさだ。思わずチラリと見てしまい、悠希はピシリと硬直する。

「む、無理……」

それはもう凶暴としかいいようのない見た目で、悠希が逃げ腰になるのも当然だと思う。

怯える悠希に、将宗がクックッと笑う。

「無理じゃないのを、忘れたのか？　悠希のここは——柔軟に私を受け入れ、気持ちよくさせてくれた」

「う……」

将宗の指が双丘を掻き分け、蕾《つぼみ》に触れてくる。困ったことにそこは、キスと愛撫とで疼き始めていた。

指の腹でくすぐられるとヒクつき、期待に震えるのが分かる。指が一本入り込んできても、忌避感はなくすんなりと受け入れた。

一本くらいなら痛みはないし、異物感も少ない。そのせいか、行為二度目にして積極的に迎えようとする様子さえあった。

「んんっ」

将宗の指が大胆な動きを見せると、悠希の喉から甘い声が漏れる。

思わず将宗にしがみついたところ、顎を持ち上げられ、深いキスをされる。

「んっ……ふぅ……」

口腔内を舌が動き回り、ゾクゾクと快感が腰から立ちのぼる。

綺麗な青い瞳が、熱く燃えて悠希を見つめている。欲しい、食いたいと、本能剥き出しの獰猛な目だ。

「あ……」

カーッと体が熱くなる。

将宗に欲しがられているのが嬉しく、悠希もまた、将宗をより深く感じられることを欲していた。

見つめ合う瞳と瞳で、意思の疎通が図れる。

互いへの欲望のままキスは濃厚なものになり、悠希の秘孔をまさぐる指は二本へと増えた。

力の入らなくなった腰は将宗が支えてくれたから、悠希は安心してキスと愛撫に耽溺《たんでき》できる。

気持ちがいいと全身が震え、放っておかれたままの陰茎がもどかしくて腰を将宗に擦りつけてしまう。

「……挑発するなんて、悪い子だ」

「ち、違……ああっ！」

中で蠢《うごめ》く指をグリンと捻られ、甘い悲鳴が漏れる。

そんなつもりはなかったが将宗を煽ったのは確からしく、指を三本に増やされてしまった。

おまけに、性急に慣らそうというのか激しく抜き差しされる。

「あっ！　あっ、あっ、あぁ……」

淫らな衝動と疼きがそこから生まれ、悠希を身悶えさせる。

明らかに、番になる前とは体の反応が違う。苦しかった異物感さえ少なくなり、将宗のキスも指での愛撫もより鮮烈に、すべてが快感へと繋がっている。

将宗の雄芯を目にして絶対に無理だと思ったのに、体のほうは番と一つになることを強く望んでいた。

「も、もう……来て……」

嬌声の合間にそう訴えれば、クルリと体勢を変えさせられてタイルの壁に手をつかされる。

腰を持ち上げられ、熱い塊を押し当てられて、思わず力が入りそうになった。

あの恐ろしい凶器を思い出すと怖いが、同時に欲しいという気持ちもある。

太い先端がグッと潜り込んできて、狭い入口を掻き分ける。さすがにすんなりとはいかなかったが、わずかばかりあった引き攣《つ》るような痛みはすぐに消えてなくなった。

ズッズッと中に押し入ってくる大きなものにも、恐怖より悦《よろこ》びのほうが勝っている。

「あ、んっ……あ、あっ……」

中が濡《ぬ》れて、奥へ奥へと誘うように蠢いているのが分かる。

オメガの本能が番の存在に歓喜し、もっともっとと貪欲《どんよく》になっていた。

根元まで捻じ込まれても、すぐに抽挿されても、つらくはない。初めてのときとはまったく違い、将宗によってもたらされる感覚がすべて快感へと繋がっている。

深く、浅く突かれ、腰を揺さぶられて、悠希は陶酔の渦に呑み込まれていく。

「あ…あぁ……いい……あんっ、あ、あぁぁ」

苦痛がないから、夢中になるのもあっという間だ。

激しく突き上げられて甘い悲鳴を漏らし、中をグリグリと抉られて、おかしくなってしまいそうなほど気持ちよく感じた。

後ろを突かれるだけでなく前もいじられて、体がグズグズに溶けていくような感覚がある。

抜き差しに合わせて陰茎を扱《しご》かれ、悠希はゾクゾクと震えた。

抽挿はどんどん大胆に、速くなっていき、やがて限界がやってくる。

「あんっ、あっ、あ、あ、あぁぁぁぁ――‼」

ほぼ同時に二人とも頂点に達し、将宗の欲望が中で弾けたのが分かる。

断続的に熱い飛沫が注がれ、じんわりと心地良く全身に広がっていく。

(気持ち…いい……)

セックスの快楽とは違う、番ならではの充足感。渇いた体に水が染み渡るのに似ているかもしれない。

将宗は自身を引き抜くと、崩れ落ちそうな悠希の体を抱え直してチュッチュッとキスをしてくる。

「最高だった」

「……」

なんと返していいか分からないし、ジッと見据えてくる青い瞳が綺麗すぎて恥ずかしい。濡れて張りついた前髪も色気があって、ドキドキしてしまった。

将宗と出会ってからというもの、悠希の幸せな夢見心地はいっこうに収まろうとしない。こんな素敵な人が自分の番なのかと思うと、何度だってうっとりしてしまうのだ。

唇を合わせて快楽の余韻に浸り、シャワーで汗やら泡やらを洗い流す。

広い浴槽の中、悠希は将宗に凭《もた》れかかってあたたかな湯に浸かっていた。

疲れた体に、じんわりと染みる気がする。

「眠い……かも……」

「寝てもいいぞ」

「んー……」

このまま眠ってしまっても、将宗が抱き上げてベッドへと運んでくれるはずだ。

甘やかされているなぁと思うし、その甘やかしが嬉しい。

なんて幸せなんだろうと、悠希は目を瞑ったままうつらうつらした。

★　★　★

両親は悠希が番を得て、大喜びしてくれた。そして将宗との顔合わせのために、土曜日に有給休暇をもぎ取ったのだ。

二人は、せっかくだから時間のかかるフレンチのフルコースが食べたいとのことだったので、将宗が予約することになった。

両家での初顔合わせのため、将宗は幾度となく宗長を説得しようとしたらしい。

美咲にも協力してもらってがんばったのだが、結局「頑固親父《おやじ》だから無理だわ〜。もう、すっかり意地になってしまって。私だけでも行きたいのだけれど、仲間外れにされたってます意固地になると思うのよねぇ。味方でいてあげないとかわいそうだから、申し訳ないけど欠席させていただくわ。ごめんなさいね」と謝られた。

理沙との企てが失敗したからか、頭に血がのぼってまったく聞き入れないとのことだ。もう少し冷静になれば方法もあるだろうから、長期戦の構えでいてくれと言われた。

宗長が拒絶するのは無理ないし、申し訳ないなぁとも思う。名家の重責を背負った宗長にとって、家が衰退するかもしれない事態は許せないに違いない。

けれど悠希は今さら将宗から離れられないし、いつか許してもらえたらいいなと思うだけだ。

そして迎えた土曜日。

会食は夜だから、それまでデートをしようという話になっていた。

今日は悠真もこちらへはやってこない。ゆっくり寝て昼から家に戻り、アルバイトとして掃除や洗濯をするとのことだった。

だから悠希と将宗は十時過ぎまで眠り、のんびりと身支度をして家を出る。

銀座《ぎんざ》は駐車場を見つけるのが大変なので、タクシーだ。まずは腹ごしらえだが、夜はフレンチのフルコースだから軽めにしようと連れていかれたのは、フカヒレのラーメンが有名だという中華料理店。

豪華な造りの店でフカヒレラーメンセットを注文すると、運ばれてきたのは可愛らしい三種類の点心と、フカヒレの姿煮が載ったラーメンだった。

「フカヒレ、大きい……」

「ここのは白湯《パイタン》が旨いんだ」

いくらするのか、聞くのが怖い。自分の考えていたフカヒレラーメンとはまったく違っていたが、驚くのも今さらかと箸《はし》を手に取った。

「……いただきます」

まずはフカヒレとスープを一口。

「んんっ、美味しい。トロトロ～」

「ラーメンだからスープを濃いめにしてあるが、麺と絡まると絶品なんだ」

あんかけだからなかなか冷めなくて、二人でハフハフしながら夢中で食べる。

「点心も美味しい」

「そうだろう？　今度、悠真くんも一緒に食べにこよう」

「はいっ」

食いしん坊な悠真だから、絶対に喜ぶ。

悠希はニコニコしながらスープまで飲み干し、心も体も満足して店を出た。

それからは、映画の時間まで街歩きだ。銀座はオシャレな店が多いから、見て回るだけでも楽しい。

「人が多いな。はぐれないよう、気をつけないと」

そう言って将宗に手を繋がれ、悠希は大いに照れてしまう。

男同士とはいえ、アルファとオメガの番。手を繋いで歩いてもおかしくはない。そのことに感謝しつつ、悠希はキュッと繋いだ手に力を入れた。

将宗は見目麗しいアルファだから、まわりの視線を引きつける。

女性たちは将宗に見とれ、悠希が隣にいて手を繋いでいなかったら、声をかけてきたかもしれない。

しっかりと繋いだ手と、見交わす甘い瞳が悠希と将宗が恋人同士なのだと知らしめている。悠希にもオメガならではの雰囲気があるので、番だろう二人にちょっかいをかけてくる人間はいなかった。

「……なるほど。番がいるというのは、こんなにも楽なものなのか。声をかけられなくてすむんだな」

物心ついたときにはまわりの女の子たちに取り合いをされ、ある程度大きくなってからは声をかけられまくり、年上の女性からの誘惑も多かったという将宗は、そういったことに辟易していたらしい。

女性やオメガ男性が理沙のようにストーカー化することも少なくないため、外出が億劫になったというのも納得だ。

ぶらり街歩きと思っても、声かけの多さにうんざりして早々に引き揚げることになってしまうとのことだった。声をかけてくるのは自分に自信のある人間ばかりだから、そのぶんしつこくてうんざりらしい。

「ボクは、虫除《よ》けとして役に立つわけですね。邪魔されずに歩けるのは嬉しいな」

番になる前と後では、心の持ちようがまったく違う。完璧な将宗の隣にいるのが自分でいいのかという引け目は消えて、この人は自分の番なのだという誇らしさに変わった。

繋ぐ手から、見つめ合う瞳から、愛おしさが溢れてくる。一緒に服を見たり、買い物をするだけで楽しくて仕方なかった。

「……ん？　あのジャケット、悠希に似合いそうだ。入ってみよう」

「え？　いや、すごく高そうな店……」

「セレクトショップのようだな。綺麗めの服が多いし、いいじゃないか」

グイッと手を引っ張られて店へと連れ込まれ、「いらっしゃいませ」と声がかかる。

「ショーウインドーのジャケットを見せてもらいたいんだが」

「かしこまりました」

将宗が言ったにもかかわらず、店員が持ってきたのは悠希のサイズだ。おまけに色違いのものまで用意する気の利きようである。

「こちらの綺麗な水色も人気なのですが、一番よく売れているのは合わせやすい白となっております。しかしお客様には、ぜひこちらのスモーキーな水色をお試しいただきたいです」

「ほう……水色に、グレーがグラデーションになっているのか」

「二度に分けて染めておりまして、デザイナーが何度もやり直させて、ようやくこの微妙な色合いが出せたそうです」

「これはいいな。悠希、ちょっと着てみてくれ」

「はぁ……」

見るからに高そうなジャケットがどこのブランドか、知りたくもない。

将宗に促されて羽織ってみると、サイズはちょうどいいし、スッキリとして見える。フォーマルな雰囲気が漂っていて、ちょっとしたパーティーにも着ていけそうだった。

「うん、これはいいな。悠希によく似合う。もらおう」

「ありがとうございます。それに合わせて、こちらのシャツなどいかがでしょう？　襟と袖の刺繍《ししゅう》がジャケットの色と同じなんです」

「ああ、いいな。それも頼む」

「はい。うちの店は細身でユニセックスなデザインの服が多いので、お連れ様にピッタリだと思います。こちらのカッティングが美しいカットソーや、色が綺麗なパーカー、模様が可愛らしいセーターなど」

「いいな、どれも悠希に似合いそうだ。素晴らしい」

見る目がある店員は的確に悠希に似合いそうなものを紹介していき、将宗はそれに目を輝かせて力強く頷いている。

二人ともやる気に満ちていて、当の本人である悠希は置いてきぼりだった。

「ダメだ……ついていけない……っていうか、この店、高いと思うんだけど……」

手近にあったシャツの値札を見て、悠希はピシリと固まる。

「シャツ一枚が、一万二千円？　これ、綿だよね？　麻とか絹とか入ってない、綿百パーセント……確かにワンポイントで刺繍が入っていて可愛いけど、一万二千円は高くない？」

気になって他のを見てみると、シャツの類は安くて八千円、上は二万円まである。ちなみに先ほど試着したジャケットは八万円だった。

（た、た、高い……こんな高い服、ボクの選択肢にないよ……）

将宗は店員に勧められるまま、あれもこれもと購入を決めているようだ。

悠希は将宗に駆け寄り、タックルをした。

「ん、なんだ？　甘えたくなったのか？」

「ち、違います。今のはタックル……というのはどうでもよくて、ボク、服、ありますから。買う必要ありません」

「服は、いくらあってもいい。悠希に似合いそうな服があるんだから、買うべきだろう」

「いやいや、もったいないですよ。本当にいらないので」

悠希が断固としてそう言うと、将宗は眉を下げて悲しそうな顔をする。もし将宗に犬の耳がついていたら、ペシャンと潰れていそうな様子である。

「番のものを買うのは、楽しみなのに……」

「………」

キュウンという声が聞こえてきそうなあざとい表情に、悠希の心は鷲掴《わしづか》みにされる。

（ず、ずるい……）

絶対に分かっていてやっていると思うのだが、寂しそうに「どうしてもダメか？」なんて聞かれたら、ダメだと言えるはずがない。

「す、少しだけなら……」

そう言うと途端に将宗は笑顔に戻る。

「そうか、よかった。それじゃあ、これでやめておくか。精算するから、まとめて送ってもらえるかな？」

「かしこまりました」

実に気の利く店員は、服を自分の体で見えないようにしてサササッとレジに持っていってしまう。だから悠希には、将宗がどれだけ買うのか分からなかった。

「少しだけですよ、少しだけ」

「分かっているから安心しろ」

「全然安心できない……」

アルファがオメガの番に甘いのは周知のことだが、散財させるのは申し訳なく感じる。

困った顔をする悠希に、将宗はクスクスと笑いながらチュッとキスをした。

「――――っ⁉」

悠希が驚きのあまり硬直していると、もう一度、今度はもっと長く唇を合わせられる。

あわあわとした悠希の動揺を尻目に将宗はがっちりと悠希を抱え込み、悠希にとっては恐ろしく長く感じるキスをされる。

目が回りそうになりながら店員のほうを見れば、気が利きすぎる店員はこちらに背を向けて何やら作業をしている。

「――――」

悠希が顔を真っ赤《まっか》にして将宗の胸をドンドンと叩くと、将宗はようやく離れてくれた。

「さて、私は精算してくるな」

「うー……」

思いっきり文句を言いたいが、言えない。店員が本当に見ていない可能性だってあるのだから、こんなところでキスをするなと言うのは墓穴を掘ることになる。

レジで店員とやり取りをする将宗を恨めし気に睨みつける悠希だが、二日ほどあとに箱がドーンと届き、十点もの服が入っているのを見て、「将宗さ〜ん！」と悲鳴をあげることになるのも後の祭りというものだった。

そのあとも腕時計や靴、宝飾品――店に入るたびに将宗が悠希のものを買おうとするのをとめるのは大変で、結果は三勝三敗の引き分けというところだ。

結局、服に続いて将宗とお揃いの腕時計と、クラシックなデザインの革靴を買ってもらった。

お揃いの腕時計は嬉しいが、ブランド名が怖い。おまけに文字盤にはダイヤモンドがついているのだ。

あちこち見て回ってそろそろ休みたいという頃に上映時間が近くなったので、コーヒーを買って映画館に入った。

大ヒットしているだけあってストーリーは分かりやすく、アクションも派手で面白い。休日にリラックスするために観《み》る映画としてはいいチョイスだった。

二人とも、笑ったりハラハラしたりの二時間を過ごし、明るくなった館内でうーんと伸びをする。

「さて、これからどうする？　レストランの予約の時間まで一時間くらいあるが」

「あ、それならデパ地下で明日のブランチを買いましょう。パンと、ちょっとしたお惣菜《そうざい》」

「それはいいな」

近くのデパートに移動して、人でごった返す中、ショーケースを見ていく。

「うーん、どれも美味しそう……」

将宗が足を止めたのは肉屋のデリで、ハムやソーセージから惣菜までバリエーションが多い。

「このレバーペーストと、パテ・ド・カンパーニュは買おう。それと、煮込みハンバーグ」

「肉食だなぁ……野菜も食べないと」

「それは、他の店でな」

注文して品物を受け取り、次に移る。

「あ、ここ、野菜の料理が多い。……干し貝柱と青菜炒めは買いで、あと根菜のアンチョビ和《あ》え。将宗さん、何か食べたいものありますか？」

「そうだなぁ……鴨《かも》とパクチーのサラダで」

「また肉……」

「鴨は少ししか入っていないぞ。パクチーが食べたいって思っただけなんだ」

「はいはい。あとはパンとワインですかね？」

「チーズを忘れてるぞ」

「あ、そうでした」

それらすべてが一つの空間に揃えられているのだから、やはりデパートの食品売り場は便利で楽しい。

いかにも美味しそうな盛りつけに惹かれてちょこちょこ買い、必要なものをすべて揃えたときにはなかなかの荷物になっていた。

「たくさん買ったなぁ」

「明日のお愉《たの》しみだ」

戦利品を両手に提げてレストランまで歩いた二人は、チーズと惣菜を店員に預けて冷蔵庫に入れてもらう。

案内された席に座ってしばらくすると、悠希の両親と悠真がやってきた。

将宗は席を立ち、深々と頭を下げる。

「初めまして、八神将宗です。このたびは、わざわざお越しくださってありがとうございます」

「こちらこそ、なかなか時間が取れなくて申し訳ありませんでした。悠希の父の悠斗《ゆうと》です」

「母の、希美《のぞみ》です。よろしくお願いします」

自己紹介が終わったところで着席し、改めて将宗が言う。

「ご両親に了解をいただかないうちに番となり、一緒に住むことになったのは、大変申し訳なく思っております」

「いいえ、大体の事情は悠希から聞いていますので。悠希が望んでのことなら、私どもは反対したりしませんよ」

「番なら、一緒に住むのは当たり前ですもの。悠希のお肌はツヤツヤしているし、表情もやわらかいわ。幸せ？」

「うん」

悠希は照れながらもしっかり頷き、テーブルの下でソッと将宗の手を握った。すぐにキュッと握り返されるのを、嬉しく感じる。

そこに店員がやってきて、飲み物と料理のメニューを置いていく。

「まずは、注文してしまいましょうか」

「そうだな」

父と将宗はシャンパンを、母と悠希はカクテル。悠真もノンアルコールのカクテルを頼み、コース料理の前菜と魚、肉もそれぞれ選んだ。

　運ばれてきた飲み物で、乾杯となる。

「それでは八神くん、これからは家族としてよろしく」

「よろしくお願いします」

「「よろしくお願いします」」

　シャンパンを飲み、将宗がふうっと溜め息を漏らす。

「うちの両親にもぜひ来てもらいたかったのですが、少し難しくて……」

「仕方ないいんじゃないかな。八神製薬を背負っているんだから、お父さんの気持ちは理解できなくもないよ」

「母は賛成してくれているのですが、一人で来たら父が本格的に拗《す》ねるからやめました。今は父の味方をしておいて、ここぞというときには離婚という言葉を使ってでも父を説得してくれるそうです」

「あら、頼もしい」

「お母さんが味方でいてくれるなら、安心だね」

「はい。時間はかかるかもしれませんが、いずれ認めさせます」

　そこに前菜が運ばれてきて、感嘆の声があがる。

「魚介のカルパッチョ、綺麗なものねぇ」

「レバームース、たっぷりだな。……うん、赤ワインを頼もう」

「私の分もぜひ。このレバームースは、絶対に赤ワインです」

「いただきまーす。……うわぁ。ボクのキッシュ、あたたかくてやわらかさも絶妙～。どの前菜も、野菜がたくさん添えられてるのが嬉しいね」

「酸味のあるドレッシングがさっぱりしていいわ～」

みんな美味しい美味しいと食べる中、将宗と悠希の父親はパンにレバームースをたっぷり塗り、うんうんと頷きながら赤ワインを楽しんでいる。

実に嬉しそうだが、悠希は心配になってしまった。

「二人とも、まだ前菜なのをお忘れなく。これから魚料理と肉料理が出てくるんだよ」

「分かってる、分かってる。ちゃんと加減して食べるから。……とは言っても、このレバームースはパンと赤ワインに合いすぎる」

「濃厚なのに生臭さは一切なくて、赤胡椒《こしょう》がいいアクセントになっています。旨い」

「本当に加減してるのかなぁ？」

早くも三個目のフランスパンに手を伸ばす二人を怪しいと見つめながら、悠希はカルパッチョを味わう。

「あ、そういえば悠真、掃除と洗濯、どうだった？」

「やっぱり埃《ほこり》っぽかったし、二人とも洗濯物を溜め込んで大変だったよ。本当に、お手伝いいっていうよりは、アルバイトって感じだったなぁ」

「家にいるときは、何もしたくないんだ」

「夜勤って疲れるのよねぇ」

激務な二人だけに、家事をしてくれる人間がいないのは大変に違いない。

「悠真を夜、一人で家にいさせるの、いやなんだよね」

「それは私たちとしても心配だから、悠希たちのところで預かってもらえるのはありがたいよ。セキュリティーもしっかりしているようだし。ただ、そのためにマンションの一室を使わせてもらっているのが申し訳なくてね。家賃と食費を受け取ってほしいんだが」

「とんでもありません。悠真くんがいてくれたおかげで、悠希が新しい生活にすぐに馴染めたんです。悠真くんがいなかったら、緊張して大変だった気がします」

「ああ、それはありそうだな」

「悠希は順応力があるほうではないものね」

納得する両親に複雑な心境になるが、自覚があるだけに反論できない。おおらかで物怖《ものお》じしない悠真の存在が新生活の大きな助けになったのは確かだった。

「それでも親としては、いくらか受け取ってもらわないと。それにキミと番になったとはいえ、悠希もまだうちの子だし。……そういえば、結婚についてはどう考えているのかな？」

「私としては早くしたいのですが、在学中に名字が変わるのは面倒ですので、大学を卒業してからでもいいのかなと思っています」

「それに、将宗さんのご両親に認めてもらってから結婚したいしね。卒業まで時間があると思えば、気が楽だし」

「なるほど。どうせならみんなに祝福されての結婚がいいな」

「うん」

将宗の父親に反対されたまま結婚するのは気が引けるし、後ろめたい。将宗と美咲はこれからも説得を続けると言うし、いずれ時が解決してくれると思いたかった。

悠希の両親も、まだ二十歳だし、焦らなくていいだろうというスタンスなのがありがたい。

ホッと胸を撫で下ろしたところで、スープが運ばれてくる。

「サーモンと蓮根《れんこん》のポタージュスープになります」

「あら、たくさんなのね」

皿にたっぷりとよそられたスープを見て、母がこのあとの料理を食べきれるか心配になったらしい。

「泡立ててとても軽い触感になっておりますし、見た目ほど多くはありません。ご婦人にとても好評なスープなんですよ」

「そうなのね。……まぁ、本当だわ。ふわふわで、クリーミー。サーモンと蓮根の甘さもあって、美味しいわ」

「ほほう、面白い触感だな。口の中で溶けてなくなる」

「美味しい！」

「スープというより、本当に泡みたいだね。ポタージュスープを泡立てると、こんなふうになるんだ」

「これ、普通にスープとしても美味しいよね。わざわざもう一手間かけるところがお店の味っていう感じ」

「面倒だし、できたらすぐに飲まないといけないのが、家庭向けじゃないな」

「うん。スープって朝に飲むことが多いし、トースト、卵、ウインナーを同時進行で用意してるときに、すぐ飲めるようスープを泡立てるのは無理。そう思うと、よりありがたいね」

美味しい美味しいとスープを飲み干し、魚料理が運ばれてくる。

悠希はアクアパッツァを頼んだのだが、魚介類の味が溶けたスープが美味しくて、ついパンにつけて食べてしまった。

「お腹いっぱいかも……」

肉料理は鴨のコンフィを頼んだのだが、食べきる自信がない。

「食べられるだけ食べればいい」

「うーん……」

残すのはいやだなぁと考えていると、将宗が笑って言う。

「それなら食べきれない分は、私に回してくれ。それならいいだろう?」

「う……ありがとうございます」

運ばれてきた鴨のコンフィはなかなかのボリュームで、付け合わせの野菜もいろいろあった。

「美味しそうだけど、やっぱり無理……」

悠希は自分が食べられそうな分だけ切り分けて、残りは将宗に任せることにした。

「こっちのお肉と、ポテトをお願いできますか?」

「分かった。このポテトは旨そうだが、食べなくていいのか?」

小さめのジャガイモを皮つきのまま素揚げしてあって、いつもなら悠希も大喜びで食べたと思う。

「……揚げたおイモは、今、無理です。見てるだけでお腹いっぱいになりそう……」

「悠希なら、この肉料理とパンだけで充分夕食になりそうだものな」

「はい。もうすでに食べ過ぎです。でも、美味しそうだからちょっとだけ食べたいんですよね」

肉の三分の二と素揚げポテトを将宗の皿に移し、少なくなった鴨にホッとする。

「……うん、これくらいならなんとか」

将宗のおかげで後ろめたさを感じずに食べられると喜ぶ悠希を、両親がニコニコしながら見ている。

「な、何?」

「仲が良くてよかったなぁと思ってね」

「ええ、本当に」

「兄さんたちは、いつもこんな感じでラブラブだよ。今日も、デートしてきたんだよね。どこ行ってきたの？」

「ランチのあと、ウインドーショッピングをして、映画を見て、デパ地下で明日のブランチを買ったくらいかな」

「映画デートか。いいなぁ」

「悠真くんは、明日の夜、戻ってくるんだろう？　夕食は中華を食べに行こうか」

「わーい。中華、大好き」

「あら、いいわねぇ、悠真」

「お父さんたちはまた病院の食堂だよ。夜食用にパンを買っておかないとなぁ」

「コンビニがリニューアルして、美味しいパンが買えるようになったのが私たちのささやかな喜びなのよ」

「絶品というウワサのカスタードパンが食べたいんだが、昼の連中が買い占めるんだ。あいつらめ〜」

「私は食べたわよ。同期の子が買っておいてくれたの。美味しかったわぁ」

「ぐぬぬぬ。夫に少し分けてやろうと思わなかったのか？」

「だって一個だけだったし。暗黙の了解で、一人二個までってなっているみたいよ」

「こういうとき、昼勤に戻りたくなるな……夜勤は食事事情が悪すぎる」

「食堂もコンビニも、八時で閉まっちゃうんだものね。焼きたてパンも私たちが出勤する頃には残りものしかないし」

「駅も、店が多いのは病院とは反対側の出口だからなぁ」

夜勤のほうが体力的にきついのにと文句を言う両親を、悠真がまぁまぁと宥める。

「お父さんたちが休みの日は、ボクが戻ってご飯を作ってあげるからさ」

「悠真～」

「お前は嫁になんて行かなくていいからな。ずっと家にいなさい」

「いやだなぁ。ボク、ベータだよ。嫁になんて行かないって」

「あ、そうだった。うちの子たちは仲がいいから、どっちもオメガのような気がしていたな」

その言葉に、将宗もうんうんと頷いている。

「悠真くんはオメガっぽい雰囲気がありますよね。華があるというか……」

「ええ。おかげで、一人で家に置いておくのが心配で……将宗さんのところで預かってもらえて本当によかったわ」

「何度か男につきまとわれているからなぁ。モテる子供たちで、親としては心配だ」

「女の子より、男の人にモテるのがねぇ」

ふうっと溜め息を漏らす両親に、悠真がぷんすか怒る。

「こ、これからだよ、これから！　ボク、成長期なんだから。グングン背が伸びていい男になって、女の子にモテモテになるんだ」

「そうだといいな……」

「ええ……私も祈っておくわ」

「むぅぅぅ」

まったく信じていない様子の両親と、悔しそうな悠真。

悠希と将宗はクスクスと笑い、皿を綺麗にした。

三種盛りのデザートと飲み物で食事は終わりとなり、和やかなまま三人と別れることになる。

帰りのタクシーの中、悠希は幸せな気持ちで将宗の肩に頭を寄せている。

事後承諾になってしまったが、家族に将宗を紹介し、受け入れられたのが嬉しい。ずっと会わせたいと思いつつ延び延びになっていたので、肩の荷が下りた気持ちだった。

「いいご両親だな」

「はい……」

タクシーの運転手がいるからあまり突っ込んだ話はできず、悠希は感謝と喜びを伝えるために将宗の手を握った。

キュッと握り返され、甘く見つめられる。

タクシーの中じゃなかったらキスできるのになぁと思いながら、悠希は将宗に凭れかかっていた。

マンションに着いてタクシーを降り、部屋へと向かう。

二人の手には明日のブランチがあり、遅くまでゆっくり寝ているつもりだった。悠真は夜まで戻ってこないし、二人だけの時間なのである。

少しばかり浮かれながら部屋に戻り、買ってきたものを冷蔵庫にしまう。

「まずは風呂だな。湯を入れてくる」

「お願いします」

悠希は寝室に行って脱いだジャケットをハンガーにかけ、二人分の寝間着と着替えを持って浴室へと向かう。

将宗はもう服を脱ぎ始めているところで、悠希は腕の中に囲われてしまった。

「悠希も一緒に入ろう。明日はどこにも行かず、のんびりする予定だしな」

「………」

期待していなかったと言ったら、ウソになる。

今日はランチから手繋ぎデートをして、両親にも認めてもらって――ずっと将宗にキスをしたくてたまらなかったのである。

顎を持ち上げられてキスをしながら、シャツのボタンを外される。

チュッチュッと啄《ついば》むような、念願のキス。優しいそれにうっとりしていると、シャツを脱がされズボンのジッパーに手をかけられる。

悠希も協力して服を脱がしてもらい、将宗もさっさと服を脱いで縺《もつ》れ合いながら浴室に入った。

頭からシャワーを浴びて、互いの髪をシャンプーし合う。

「将宗さんの髪、しっかりしてるなぁ……」

「悠希の髪は、細くてしなやかだ。私のと、まったく手触りが違う」

しっかりと地肌までワシャワシャと洗ってシャワーで流し、リンスをつけて今度は体を洗いっこする。

耳の裏、首筋、腕や胸——なかなかその下にいけずモジモジする悠希とは反対に、将宗は嬉々として全身に触れてくる。

足の指まで丁寧に、特に胸と下肢はねっとりと淫らに指を動かされた。

「あっ……将宗さ、ん……」

ヌルヌルの手で陰茎をいじられ、上下に扱かれて、ブルリと体が震える。

力が抜けそうな足は将宗がしっかりと支えてくれているが、いたずらはとまらなかった。

「悠希も」

「う……」

自分だけしてもらうのはずるいかと悠希も将宗の屹立《きつりつ》に手を伸ばし、その大きさに慄《おのの》きながら触れる。

持て余すそれが手の中でムクリと大きくなるのにビクつきながら、一生懸命愛撫しようとした。

それを邪魔するのが、将宗自身だ。悠希の乳首や陰茎といった弱いところをいじり、双丘の奥の蕾に触れて指を挿入されるせいで手が動かせない。

肉襞を擦られて思わずビクリとするものの、体はすぐに受け入れる。本能が、喜んで番を迎え入れようとしていた。

「あ、んっ……あぁ……」

一本から二本に増やされ、中を掻き回されて、もう手にも足にも力が入らない。将宗に縋《すが》りつくだけで精一杯だった。

「……もう大丈夫かな？　まずは泡を流すから、目を瞑って」

「……………」

言われたとおり目を瞑ると、シャワーが降り注ぐ。髪からリンスを落とし、体から泡が洗い流された。

綺麗になったところで湯の溜まった浴槽へと運ばれ、将宗の上に乗せられる。

高ぶった将宗の雄芯が尻に当たり、ゾクゾクとする。渇望し、期待に高まる体は、将宗に協力してちょうどいい位置に腰をずらした。

「あっ！　あっ、あ、んぅ……」

やわらかくなった秘孔に、屹立が入り込んでくる。

甲高い自分の嬌声が浴室内に響き、羞恥に襲われた。

慌てて口を押さえるが、背後から耳朶を舐められて身震いする。

「悠希の声が聞きたい」

「で、でも……」

「私で感じてくれている証拠だろう？　それに浴室は声が響くから、余計に楽しい」

だからいやなんだという悠希の反論は、言葉にすることなく消える。根元まで収まった将宗が、腰を動かし始めたのである。

「ひあっ！　あぁ……あっ」

口を塞ごうとした手は将宗に押さえられ、突き上げられながら乳首をいじられる。

「やぁ……ダ、ダメ……あっ、あ、あぁ」

「うん、いい声だ」

「……」

そんなことを耳元で囁かれてキュッと唇を噛みしめるが、大きなもので中を擦られ、指が乳首から陰茎へと移ると我慢できなくなる。

「ダメ、ダメ……や、んっ、あっ……」

次から次へと快感が湧きあがってくる。

不安定な湯の中、悠希は将宗の雄芯と指とに甘く、濃密に翻弄された。

★
★
★

将宗のマンションでの新たな生活も、徐々にパターンが決まってくる。

悠真は両親の休みのときだけ家に戻る生活で、それ以外は一緒に過ごしていた。

将宗が隣の部屋にもテレビやブルーレイレコーダーなどを設置し、有料チャンネルまで加入してくれたから、たまに夜更かししたりしているらしい。

将宗の休みの日には気を利かせてくれてか、「ボク、ドラマを一気見するから、二人でデートしてきなよ」と送り出してくれたりする。

もっともドラマ一気見は本当で、シリーズ二十四話を、早送りモードで週末二日がかりで見たとのことだった。

契約したての有料チャンネルには見たいものがたくさんあって、レコーダーにどんどん溜まっていくと嬉しそうだ。

悠希は大学の友人たちに将宗と番になったことを告げ、祝福されている。とはいえ将宗の家族から認められたわけではないので、引き続き警戒しつつ日々を送っていた。

今の悠希の悩みといえば、一番近い場所にあるスーパーがお高め設定で困るという平穏さである。

将宗からずいぶんと多い生活費をもらっているものの、悠希の感覚より三割四割増しの価格はもったいない心が疼く。なので大学近くのスーパーで生鮮食品以外を買ったりと、工夫していた。

将宗はやはり仕事が忙しそうだが、極力夕食を一緒に摂ろうとしてくれる。外せない会食などは、ランチにしているとのことだった。

二人から三人に増えた食卓は賑《にぎ》やかで、悠希の胸をほっこりさせてくれる。

夜の生活も、当然のように毎日ある。悠希の体の様子を見ながらだから毎日挿入するわけではないが、互いの体をまさぐり、愛撫しながら射精するだけでも満足できるものだった。

難なく慣れた新生活ではあるが、やはり少し緊張していたのか、それとも宗長が何かしてくるかもしれないという警戒のせいか、今までにない疲れを感じるようになる。それに、朝起きたときのちょっとしたムカつきも。

神経性の胃炎的なものだろうかと思いながらも、つらいというほどではないから気にしないようにする。気にしすぎるとかえってよくないと思ったのだ。それに軽くでもいいから食べれば楽になると分かったので、朝食の準備を始める前にクラッカーやビスケットを二枚、三枚食べるようにしていた。

「おはよー。あ、兄さん、またビスケット食べてる。前は、ご飯前にお菓子を食べるなって言ってたのに。……ボクにも一枚」

「お腹が空きすぎてるのかなぁ？　少し胃に入れないと、気持ち悪くなるんだよ」

「あー……夜中に運動してるから？　やっぱりお腹空くんだ」

「……………」

そこは突っ込まないでほしいところだと、悠希は無言でビスケットを齧《かじ》る。否定できないが、肯定したくない内容だった。

悠希が二枚目のビスケットをモグモグしていると、あれっと悠真が首を傾げる。

「朝だけじゃなくて、ちょこちょこ食べてるよね。前は間食しなかったのに」

「うーん。あんまり順応力がないほうだから、軽い神経性胃炎にでもなってるのかも。胃が空っぽだと、ちょっとね」

「大丈夫……って、うーん？　でも、兄さんはオメガで、将宗さんっていう番がいて……それって、もしかしてお腹が空きすぎじゃなくて、妊娠っていう可能性もあるんじゃないの？」

「えっ、まさか。そんなはずないと思うけど……八神家は子供ができにくい家系らしいし。将宗さんを授かるまでに、八年もかかったんだって」

「じゃあ、違うのかな？　友達に妹ができたとき、お母さんがご飯前にお菓子を食べててずるいって言ってたんだけど。それって、悪阻《つわり》だったみたいなんだよね」

「え……」

そう言われると、似ているかもしれないと思う。

お腹が空きすぎにしてはここのところ毎日だし、子供ができにくいと分かっているから避妊もしていなかった。

悠希がベータ因子は強くてもオメガだということを考えれば、妊娠の可能性がないわけではない。


「……まさか……だと思うんだけど……」

「でも、もしかしてっていうことない？」

「もしかして……なのかな？」

いや、でも、美咲さんは八年もかかったっていうし……と困惑していると、将宗が起きてくる。すでに髪をセットし、あとはネクタイを締めて上着を羽織るだけの状態だ。

「あ、いけない。急いで朝食作らなきゃ」

「そうだった。簡単にベーコンエッグにする？」

「そうだね。あと、スープでも……」

悠真と二人でバタバタと動き出し、なるべく早く作らなきゃと、将宗が大量に買って冷凍庫にストックしてある温めるだけのスープを使わせてもらう。

十五分ほどで朝食を作り、食事となった。

「サラダなしでごめんなさい」

「いや、旨そうだ」

いただきますと食べ始め、「そういえば、朝から何を話し込んでいたんだ？」と将宗に聞かれる。

「それは――……」

答えられずに口ごもる悠希に、悠真が言ってくる。

「兄さん、ちゃんと伝えておいたほうがいいって。どうなのか分からないけど、それだったら大変だし。オメガなんだからさ。ちゃんと検査したほうがいいよ」

「検査？　具合が悪いのか!?」

心配そうに勢い込んで聞かれ、悠希はモゴモゴしてしまった。

「いえ、あの、そんな大げさじゃなくてですね……朝起きたとき、ちょっと胃がムカムカしているというか……お腹が減りすぎかなと思うんですけど……」

「違うでしょ、もう！　妊娠の可能性があるかもって言わなきゃ……って、ボクが言っちゃった……」

ヤバいという顔の悠真に、目を見開いて愕然《がくぜん》とする将宗。あまりにも予想外かつ、衝撃的だったらしい。

「に、妊娠!?」

「可能性があるかも、っていうだけです。空腹で胃がムカつくのが悪阻に似てるというだけで、全然確証はありませんから」

「いや、しかし、可能性があるのだろう？　それは、そうだよな。可能性は、いつだってある。

もし本当に妊娠しているなら大変だ。ちゃんと確認しないと。今日、病院に行くぞ。出産するなら——あそこの病院がいい。電話してくる」

「ちょっ……将宗さん⁉」

食事の途中に慌てて立ち上がり、スマホが置いてあるだろう寝室に行ってしまう。

「将宗さん、動揺してるね～」

「八神家にとって、妊娠って大事みたいだから……ボク、まだ学生なんだけどなぁ」

万が一妊娠ということになったら、大学は休学する必要がある。子育て期間を考えると、復学できるか疑問だ。

それに、「八神家は子供ができにくい」という刷り込みがある将宗も、まったく想定していなかったはずである。

八神家の歴史の中で、五年以内に妊娠したことはなかったと言っていた。だから将宗は慌てふためいていたし、戻ってきた顔にも動揺が浮かんでいる。

「九時に予約を取ったから、一限目の講義は休んでくれ」

「はい」

「ええっと……まずは、食事だな。たくさん食べないと。コーヒーは刺激物だから、避けたほうがいいのか？　あと、妊婦の体に悪いものはなんだろう」

「将宗さんってば、動揺しまくり」

「お、落ち着いてください。まだ妊娠したって決まったわけじゃありませんからね」

「ああ。分かっているんだが、慌てるものだな。……おっと、秘書に電話をして、午前中の予定をキャンセルしないと」

そう言ってまたバタバタと寝室に向かう将宗に、悠希と悠真は顔を見合わせて笑ってしまう。

「将宗さん、大人で落ち着いてて格好いい人だと思ってたのに」

「基本的にはそうなんだけど、突発的なことが起きるとアワアワして可愛いよねぇ」

ああいうところも好きだなぁと、つい顔がにやけてしまう。

「はいはい。新婚さんはいいね～。ボクはご飯を食べて、学校に行かないと。今日は、電車で行くから大丈夫。でも、検査の結果はメールで教えてね。気になるもん」

「分かった」

悠真はさっさと朝食を終え、隣の部屋へと行ってしまう。

悠希は戻ってきた将宗と朝食を摂り、片付けをして出かける準備をした。

「もっとあたたかい格好のほうがよくないか？　腹巻を買ったほうがいいか……」

将宗は激しく動揺したまま、落ち着かない様子である。何やらずっとオロオロしていた。

「いやいや、だからまだ妊娠したって決まったわけじゃないですって。落ち着いて」

「そう言われてもな……どうにも、ダメだ」

今からそんな状態で、本当に妊娠しているとなったらどうなるんだろうと心配になる。

「まずは、検査してもらってからですね。生活が変わったから、ちょっと調子が悪いだけだと思うんだけどなぁ」

中学、高校と、環境が大きく変わるときは決まって少しばかり体調を崩していたから、それに違いないと思っている。

けれどやはり万が一があるかもしれないし、検査しないことには将宗と悠真が納得しないと分かっていた。

将宗の車に乗り込んで、病院へと向かう。

予約の時間にはまだ早かったものの、すぐに案内されて尿検査をすることになる。それで陽性が出たので、ドキドキしながらのエコー検査となった。

結果は――……胎嚢《たいのう》も、胎児の心拍も見られるとのことだ。

「それは、つまり……」

「ええっと……」

驚き、戸惑う悠希と将宗に、老齢の医師がニコリと笑う。

「おめでとうございます。お子様ができていますよ」

「ええーっ!? ほ、本当に？」

「信じられない……こんな簡単に……」

喜びより、驚愕のほうが大きい二人に、医師はクスリと笑う。

「八神家は、本当にお子様ができにくいですからなぁ。美咲様も、それでずいぶんと苦労しなさった。今回は、悠希様がベータ因子の強い突然変異オメガというのがいいほうに作用したのかもしれませんね」

「そう……なのか……」

「ただ、ここ五十年、ベータ家系からオメガが生まれたという事例がないので……お子様がどの属性になるか皆目見当がつきませんが」

「ああ。ベータの可能性が高いのは分かっている。属性は、なんでもいいんだ。そうか……赤ん坊が……」

将宗はまだ平らな悠希の腹にソッと手のひらを当て、優しく微笑む。

思いがけない妊娠ではあるが将宗は嬉しそうな様子なので、悠希はホッと胸を撫で下ろした。

医師はオメガの妊娠と出産という小冊子を悠希に渡し、注意事項を簡単に教えてくれる。それから次の予約を入れて、マンションに戻ることになった。

帰りの車の中で、将宗は大興奮である。

「まさか……まさか、こんなに早く妊娠ができるとは……私似かな？　悠希似かな？　私としては悠希似のほうが嬉しいが、どちらでもきっと可愛い。……ああ、悠希には大学を休学してもらうことになるな。それに関しては申し訳ない」

すまないという気持ちはあるものの、喜びのほうが遥《はる》かに上回っているらしい。

悠希としても、ビックリだなぁと思いつつ、すでにもう番だし、まぁいいかと思う。美咲からさんざん脅されただけに、こんなに早く子供ができて運がいい、大切にしなきゃという思いが強かった。

何しろ美咲に呪いとまで言わせた、子供のできにくい家系だ。こんなにあっさり、思い悩む前にできたのは幸運としかいえない。

赤ん坊がベータだから妊娠も簡単だったという可能性は高いが、将宗との子供なら嬉しい。

将宗が悠希似がいいと言うように、悠希のほうも将宗似の子供がいいなぁと頬を緩めた。

「……あ、そうだ。悠真にメールしなきゃ。やきもきしてそう」

悠希がスマホを出して悠真へのメールを打ち込んでいると、将宗がまだテンション高く言う。

「悠希のご両親にも報告をして、休学させることを謝らないと。……ああ、そうだ。子供が生まれるんだから、早く籍を入れたいな」

まだ悠希は大学生だし、焦る必要はないとのんびりと構えていた。二人とも、やはり双方の両親の了解を得てから結婚したいという気持ちがあったのだ。

この場合は双方というより宗長の了解だが、将宗から見ても「頑固親父」とのことなので、大学を卒業するまでに理解してもらえたらいいなと長丁場を覚悟していた。

けれど、赤ん坊ができたとなるとそうはいかない。ちゃんと番で、愛し合っているのに、子供を婚外子にする選択肢はない。宗長の了解を——なんて言っている場合ではなく、生まれる子供を最優先にして、最善の道を選ぶに決まっている。

悠真へのメールを送り終わった悠希も、将宗の言葉に同意する。

「いずれ休学するなら、名字が変わったことは大学側に伝えなくても大丈夫ですかね？　どれくらいで休学したほうがいいのか、今度の検診で聞かなきゃ。メモメモ」

「家政婦も雇ったほうがいいな。できればオメガ男性で出産経験のある……は無理か。ベータで出産経験の豊富な女性がいいな」

「えっ、家政婦なんていりませんよ」

「いや、しかし、お腹に子供がいるんだぞ？　家事は誰かに任せたほうがいい」

「いやいや、必要ありませんって。二人分の洗濯なんて簡単だし、掃除や料理は悠真が手伝ってくれるし……安静にしすぎるより、動いたほうがいいみたいですしね」

「むっ……しかしなぁ。休学したら、家に悠希が一人でいることになるだろう？　そのときに何かあったらと思うと、気づく人間が側にいたほうがいい。……というより、いてくれないと心配で仕事が手につかなくなりそうだ」

アルファは番に対して過保護になりがちだと聞いているが、どうやら本当らしい。それまでもその傾向は見えていたが、子供ができたことで一気に加速したようだった。

意外とマメな将宗は、一緒に住むようになっても連絡を欠かさない。帰る時間や夕食がいるかどうかを教えてくれるし、声が聴きたいという理由で空いた時間に電話をくれたりもする。

妊娠に特化しているオメガでも、男性の場合はやはりなかなか大変なようだから、将宗が心配して一日に何度も電話をかけてくるというのはありそうだった。

「ええっと、ですね。絶対に無理はしないし、ちょっと大変かな〜って思ったら、ちゃんと将宗さんに言います。家政婦さんを雇うのは、それからにしてください」

「……分かった。だが、くれぐれも、くれぐれも、無理はしないように。少しでも体に負担がかかると思ったら、すぐに言ってくれ。あと、やはり、家に一人で置いておくのは心配だから、休学したら雇いたい。出産についてのアドバイザーとでも思えばいいだろう」

「あー……そうですね。分かりました。休学したらということで」

これは譲りそうにないなと思ったので、悠希も同意する。意地を張るようなことではないし、それで将宗が安心できるなら馴染むよう努力するだけだ。

「将宗さんのご両親への報告はどうしますか？　安定期に入ってからのほうがいいのかな……」

お腹の子がアルファかオメガだった場合、うまく大きくなれない可能性がある。特にアルファは、妊娠しにくいうえに生育も難しく、残念な結果になることがあるのだ。

悠希の両親は医師なのでそのあたりは理解してくれそうだが、将宗の両親はどういう反応か不安に思った。

「報告は、早いほうがいい気がする。何も知らせないで、あの親父が何か仕掛けてきたら大変だ。納得いっていないとはいえ孫ができたと知れば、とりあえず手出しはしてこないだろう。

アルファの可能性がないわけではないからな」

「ああ、なるほど……」

悠希としても、初めての妊娠は不安でいっぱいだ。それに加えて、宗長が何かしてきたらどうしようという不安まで背負いたくない。妊娠を知っておとなしくしてくれるというなら、それに越したことはなかった。

車がマンションに着いて部屋に戻ると、将宗は少し横になるか聞いてくる。

「いえ、大丈夫です」

「それじゃ、とりあえずソファーに……飲み物を淹れるが、何がいいかな？　コーヒーは刺激物だから、まずいか。紅茶？　日本茶？」

「ええっと……それじゃ、紅茶をお願いします。コーヒーはダメなのかなぁ？　さっきもらった冊子を見てみよう……」

冊子の大部分は一般的な妊娠、出産に対しての説明や諸注意で、後ろのほうに少しだけオメガ男性のコーナーがある。

紅茶を持ってきてくれた将宗に礼を言って冊子を読み込んでいると、将宗が隣で電話をかけ始めた。

相手は、宗長だ。妊娠の報告をしている。

『な、なんだと！　妊娠!?　このバカ者がっ』

興奮して声が大きくなっているから、スピーカーにしなくても丸聞こえだ。

『こんなに早く妊娠するなんて、ベータに決まっている。なんということだ！』

「ベータだって、私は構いません。悠希の子供なんだから、可愛いに決まっている。一人なんていわず、二人、三人と欲しいものです」

『むっ……』

「こんなに早く妊娠したということは、私と悠希の相性がいいんでしょう。私自身は悠希を、運命の番だと思っているんですよ。なので三人……もしかしたら四人も夢ではないかもしれません」

『むむぅ。ベータ因子の強いオメガなんて……だが、それだけに子だくさんかもしれん……中には、アルファもいるかも？　いやいや、全員ベータの可能性のほうが高いんだぞ』

何やら葛藤しているのが窺われる言葉だ。

将宗はそれに付き合う気はないのか、「とりあえず報告はしたので。……あ、そうだ。今日はこのまま休ませてもらいますから。それでは」と言って通話を切った。

「いいんですか？　急に会社を休んでしまって」

「仕事に身が入らなさそうだからな。それに、今日はどうしても外せない案件はないから大丈夫だ」

「それならいいんですけど……」

悠希としても少しだけ不安だったので、将宗がいてくれるのはありがたい。

まだ平らな腹の中に命が宿っているなんて信じられない気がする。もちろん喜びはあるのだが、それよりも戸惑いや不安のほうが大きかった。

当たり前だが、親になる覚悟なんてない。結婚が早いオメガとはいえ悠希はベータ因子の強い突然変異だし、ついこの前まで一人で生きていこうと考えていたのである。

それが将宗と出会って恋に落ち、番になって……あっさりと妊娠したのが信じられない。

子供は大学を卒業してから――てっきり悠希も美咲と同じように子供ができにくくて悩むと思っていただけに、いとも簡単に妊娠したのが不思議だった。

やっぱりベータなんだろうなぁと考え、うーんと眉を寄せる。

（ベータばっかりの中でオメガに生まれたのも大変だったけど、アルファとオメガの親を持つ子供がベータっていうのも大変な気がする……）

ベータ因子の強い悠希のせいだと恨まれるかもしれない。

将宗は一目でアルファと分かるし、母親が男である悠希なのだからオメガ以外ない。どうにもごまかしようのない両親なのだ。

「あの様子なら、父も静観しそうで安心だな」

「何か葛藤してましたね」

「八神家はなかなか子供が生まれないうえ、一人だけだからな。孫がたくさんというのに、憧れがあるんだろう」

「ああ、それで……」

妙な可愛げがあるのも将宗と同じだと、悠希はクスリと笑う。

それから昼食をデリバリーですませ、二人でまったりとした午後を過ごす。

途中で興奮した様子の美咲から電話がかかってきて、どうやら宗長に妊娠の話を聞いたらしいと分かる。

おめでとうと祝福され、孫が楽しみだと嬉しそうだ。宗長には悠希にちょっかいをかけて何かあったら一生孫の顔を見せてもらえないし、私も離婚すると脅しているから安心して元気な赤ちゃんを産んでね……と言われてホッとした。

それでなくても気を使う生活になるのだから、ビクビクしなくていいのはとても助かる。

「アルファは番の本気のお願いには逆らえないようだから、これで大丈夫だろう。母が味方でいてくれてよかった」

「お礼に、スイーツ情報をもっと集めます。同じ学部の女子にも聞いてみよう……」

薬学部には真面目で堅めの学生が多いのだが、今時の女の子だからその手の情報には詳しい気がする。

「それにしても……ここに、私たちの赤ん坊が……」

恐る恐るといった様子でソッと腹に触れる将宗に、悠希はコクコクと頷く。

「信じられませんよね。寝起きとか、お腹が空いたときにちょっと気持ち悪くなったりするけど、それ以外は普通だし」

「妊娠に特化しているオメガは、悪阻もそう重くないと聞くな。この子がベータなら、その他のこともそう心配はいらないだろう」

オメガの妊娠と出産に関しては、医師から事細かに報告がなされ、統計が取られているという。オメガの相手はたいていアルファだし、産む子は国の未来を左右する存在なのだ。

そしてベータとオメガの子供はなんの問題もないのだが、アルファの子供は着床しづらく、育ちにくいという結論に至っているらしい。

だからお腹の子供がベータだとしたら、安心して出産に臨めるということになる。不安でいっぱいな第一子がベータなのは、そう悪いことじゃないなと思った。

「男の子かな、女の子かな……」

「私は悠希似の女の子がいいな。ベタベタに甘やかして、イクメンになる自信がある」

「ベタベタに甘やかされるのは困るけど、女の子、いいですね。育てやすいって聞くし。でも、将宗さん似だったら、すごい迫力のある美人になりそう……」

「私似の女の子？　なんというか……可愛げのない子に育ちそうだ……」

「幼稚園あたりで、すでに言い負かされそうな予感……」

素晴らしく可愛く、生意気な子になりそうだ。

将宗と二人であれこれ想像し、クスクスと笑い合う。

やがて悠真が中学から興奮しながら帰ってきて、おめでとうと言ってくれる。

「ボク、すっごい家事、手伝うから。なんなら、一人でがんばっちゃうからっ。兄さんは何もしなくていいよ！」

将宗と同じようなことを言っているなぁと思いながら、悠希は笑って首を横に振る。

「少しは動かないと、逆によくないみたいだよ。でも、悠真にそう言ってもらえるのは嬉しいな。体が怠《だる》いときとかは、お願いするかも」

「うん、任せて！　赤ちゃん、楽しみ～。男の子かな～女の子かな～。……あれ？　ボク、中学生にして叔父《おじ》さん？」

「そういうことになるな」

「悠真叔父さんかぁ」

「な、名前呼びにさせる！　十代で叔父さんはひどい～っ」

「確かに」

「ちょっとかわいそうだね。じゃあ、悠真お兄ちゃん？」

「悠真くんもありか？　どっちがいい？」

その問いに悠真はう～んと唸り、「悠真お兄ちゃんで！」と元気よく答える。

「お兄ちゃんって呼ばれてみたかったんだよね～。楽しみだなぁ」

お腹の子がベータだとしても、みんな気にしない。宗長がどうしても認めないと言うのなら、近寄らせないようにするだけだ。

（もしベータでも……ううん、どの属性でも、ちゃんと愛されてるって分かってもらえたらいいな……）

悠希はニコニコと嬉しそうな二人に微笑み、ソッとまだ平らな腹部を撫でた。

★
★
★

悠希のマタニティライフは、極めて順調だった。

空腹すぎると気持ち悪くなることについては、小分けのクッキーやビスケットを常に持ち歩くことで解決し、定期健診でも問題は見つからない。

真っ平らだった腹部も少しずつ膨れてきていて、ちゃんと育っているんだぁと実感させてくれた。

お腹が大きくなってくると将宗が心配性なところを見せ始めたので、大学を休学することになった。そしてそれと同時に、一人にしたくないという理由で経産婦の上野《うえの》という女性を雇ってくれた。

子供二人はすでに大学生で、手が離れたから家政婦を始めたという、おっとりと優しい女性である。いろいろな話が聞けて参考になるし、やはり万が一を考えると誰かいてくれるのは安心だった。

将宗が休みの日は一緒にベビー用品を買いにいき、将宗と悠真に見守られ、悠希は心穏やかに臨月へと入っていた。

オメガ男性の出産は帝王切開となるので、手術日ももう決まっている。双方の両親にも健診のたびに胎児の成長状態を報告し、手術日も伝えておいた。

宗長は美咲から聞いて、ソワソワと浮き足立っているらしい。

将宗は、宗長には教えなくていいのにとブツブツ文句を言ったものの、楽しみにしている様子にホッとした表情だった。

何事もなく、体調もすこぶる良い状態で手術日を迎える。

双方の両親とも来てくれて——宗長の強硬な反対があったので、結局、これが初顔合わせになる。悠希の両親と会ってしまったら、二人の結婚を許すことになると思ったらしい。

そのせいで宗長は気まずそうだったが、ちゃんと挨拶をしてくれた。そしてみんなに見送られて手術室へと入った。

すべてが順調に進み、生まれた赤ん坊は将宗そっくりの男の子だった。青い瞳も遺伝していて、まだ生まれたてにもかかわらずアルファ独特の雰囲気を漂わせている。

てっきりベータだと思っていた悠希と将宗は、驚きながらその小さな赤ん坊を抱っこすることになる。

悠希の両親と悠真は、初孫、初甥《おい》に大はしゃぎだ。

「小さ〜い。可愛いぃぃ〜」

「将宗さん、そっくりだわ〜」

「おや、まぁ、どう見てもアルファだなぁ。うちの孫がアルファとはビックリだ」

「生まれたてでも美形なのがすごいよね〜」

将宗の両親は、そう無邪気とはいかない。八神家の子供の生まれにくさを身をもって知っているだけに、しばらく唖然《あぜん》としていた。

「すごい……すごいわ、悠希さん。八神家のアルファの子を、こんなに早く出産できるなんて……」

「ええっと……まだ、アルファと決まったわけじゃないですよ？　将宗さんそっくりで、見るからにアルファな雰囲気を出してますけど」

「いや……どう見てもアルファだが、そんなバカな……いとも簡単にアルファの子を……」

喜びと困惑とで大混乱な様子の宗長に、美咲が苦笑しながら言う。

「それにしても、八神家の遺伝子の強いこと……将宗そっくりで怖いくらい。……あなた、悠希さんに言うことがありますでしょう？　あなたがここにいられるのは、悠希さんのおかげなんですからね」

「う……」

宗長の眉間に皺が寄り、大きく息を吐き出した。

「……すまなかった。キミを排斥しようとしたことも、将宗にオメガの女性を宛がおうとしたことも……」

「大丈夫です。八神家の事情を聞けば、ボクでは不安に思うのも理解できましたから。子供ができにくいうえに一人しか生まれないのでは、ベータ因子の強いボクじゃ困りますよね」

「たった一人の孫がベータというのは、八神家の没落を招きかねない。一代だけならともかく、二代、三代とベータが続くこともありえるからな」

アルファにとってベータの子供が生まれるのは恐怖だろうし、それが代々一人しか生まれない八神家ならなおさらだ。美咲のプレッシャーがすごかったように、宗長も大変な重みを背負っていると思われる。アルファはアルファでいろいろな悩みがあるんだろうなぁと想像できた。

だから本当に、宗長に怒っていないのだ。むしろ、将宗の番が自分で、将宗を諦めて身を引くことができなくて申し訳ないなぁと思っていた。

「あの親父が謝るとは……」

宗長もアルファらしく自分の判断に自信があるタイプなので、そうそう間違いを認めないらしい。

将宗は盛大に驚くと同時に、宗長に対しての警戒を完全に解いたようだった。

おかげで態度がやわらかくなり、穏やかな空気へと変わる。

悠希としては、自分のせいで父子が背を向けたままというのは申し訳なかったから、和解できてホッとした。

会話をしながらもみんな、笑顔で悠希の腕の中で眠っている赤ん坊をジーッと見つめている。

しばらくすると看護師が赤ん坊を連れていき、将宗以外は帰ることになった。

個室だし、付き添い用のベッドもあるから将宗が泊まっていくのは問題ない。事前に用意しておいた入院セットには、将宗の着替えも入っている。

二人きりになると、将宗は悠希を抱きしめてキスしてくる。

「悠希も赤ん坊も無事でよかった。元気な子を産んでくれてありがとう」

オメガは妊娠に特化しているが、だからといって出産が楽なわけではない。リスクはベータやアルファと変わらなかった。

特に男のオメガの場合は手術になるので、麻酔のリスクも加わる。だからこそ将宗は気が気ではなかっただろうし、母子ともに無事で安堵していた。

「将宗さん……」

将宗と出会い、番になってから約一年。将宗は常に悠希を最優先し、愛してくれている。

突然変異でベータ因子の強いオメガという悠希の不安定な部分を、揺るぎない愛で包み込んでくれた。

悠希の魂に深く刻まれた傷が、将宗のおかげで癒されていく。そして将宗との間に生まれた赤ん坊が、綺麗に治してくれた気がした。

新しく、家族ができた。

悠希は将宗を抱きしめる手にギュッと力を込めて言う。

「ボクのほうこそ、ありがとう。将宗さんに愛されて、番になれて……すごく、幸せ」

「それは私も同じだ。悠希が出迎えてくれると思うと、帰宅するのが楽しくて、毎日が充実している。とても幸せだ」

見つめ合い、微笑み合い、深いキスをする。

なんて幸せなんだろうと、しみじみと感じる悠希だった。

★
★
★

将宗そっくりの赤ん坊には、二人から一文字ずつ取って、将希《まさき》という名前を付けた。

入院四日目から日中は助産師に教わりながらミルクを飲ませたりオムツ換えを行う。帝王切開の傷が痛いから、お腹を庇いながら、様子を見ながらである。

夜はしっかり体を休める必要があるので別々になるが、個室ということもあり、将宗が仕事から帰ってくるまで待ってくれる。

父子のスキンシップと、ミルクやりとオムツ換えの練習だ。

さすがに育児休暇は取れないが、将希の世話をする気満々の将宗は、退院後の三日間、有給休暇を取ってくれていた。初めての子育てに不安でいっぱいな悠希にとって、とても嬉しくありがたかった。

将宗も新米パパだから二人でオロオロすることになるかもしれないが、一人より二人のほうがいい。ましてや子育てをやり遂げた上野がいるのだから、恵まれているなぁと安堵する。

会社から直接病院にやってきた将宗は、すぐにシャワーを浴びて部屋着に着替える。それから看護師に連れていかれる前にオムツ換えの練習をする。

教えるのは悠希で、助産師に教わったとおり将宗に伝えた。

将希のオムツ換えをする将宗の顔は真剣そのもので、手つきはおぼつかないもののきちんと終わらせる。

「ミルクはさっきあげちゃったので、明日にしましょうか」

「ああ」

オムツを換えてもらってスッキリしたのか、将希はもうウトウトし始めている。

将宗はそんな将希をソッと抱き上げて、その顔を見つめた。

「新生児はしょっちゅう泣きわめくと聞いたんだが、この子はすぐに寝るな」

「看護師さんが言うには、夜泣きも少ないから育てやすいかもとのことです。本当に、ミルクとオムツのとき以外は泣かないみたいで」

「赤ん坊は寝るのが仕事というからな……親としては助かるが」

「それでも、二、三時間おきにオムツ交換があるので大変ですけど」

「悠希は当分、安静だぞ。仕事に行くまでの五日間はなるべく私がやるし、夜も任せてくれ」

「うーん……お休み中はお願いしますね」

「仕事に戻っても、夜は私がやるさ。体力には自信がある」

「それはダメでしょう。寝不足で倒れられたら困ります」

「それくらいで倒れるほど柔《やわ》じゃない」

「でも、ボクが心配になるからダメです。ボクは上野さんがいてくれる昼間に眠れるんですから」

「一ヵ月くらいは無理をしてはいけないという話だっただろう。夜ゆっくり眠るのは、今の悠希にとって必要だ。それに私は、日中仕事で将希の世話ができないからな。ちゃんと親として認識してもらうためにも、やっておきたい」

「うーん……」

「アルファの体力は、多少の寝不足ではビクともしない。大丈夫だ。それより、悠希が夜中に起き出してミルクやオムツを換えるほうが気にかかって眠れないと思う」

「あー……なるほど」

悠希については過保護になる将宗が、手術で腹を切った悠希を安静にさせておきたいと思うのは当然のことだ。

夜中に悠希が起き出して動き回っているとなれば、心配で眠るどころではないと理解する。将宗の性格なら、大丈夫かとハラハラしながら待つより、自分でやったほうが楽なのだろうと分かった。

「それじゃ、お願いしますね。でも、少しでも疲れたなぁと思ったら、ちゃんと言うって約束してください。将宗さんがボクを心配してくれるように、ボクだって将宗さんが心配なんですから」

「分かった。約束する」

そう言って将宗は、将希を抱いたまま顔を近づけキスをしてくる。

「ん……」

優しく、甘いキス。

夫婦生活はずいぶんとご無沙汰しているので、ズクンと体の奥が疼く。手や口で気持ち良くなりたいところだが、さすがに病院ではまずいと自重《じちょう》した。

それは将宗も同じなのか、名残惜《なごり》しげに唇を離して溜め息を漏らす。

「心おきなくキスをするためにも、退院が待ち遠しいな」

「そうですね」

悠希はクスクスと笑い、将希を潰さないよう気をつけながら将宗にギュッと抱きついた。


そしてあっという間に一週間が過ぎ、退院の日がやってくる。

将宗の車で家に戻ると、上野が出迎えてくれた。

「お帰りなさいませ。……まぁまぁ、なんてお可愛らしい。将宗様にそっくりですね」

「みんな、絶対、それを言います。八神家の遺伝子のすごさを感じますよね」

「本当に。……さぁ、お茶を淹れますから、リビングでお休みください」

「はい」

八日しか入院していないのに、ずいぶんと長く留守にしていたような気がする。

我が家の匂いと気配にホッと体から力が抜けるのが分かった。

「あれ？　ソファーが新しくなってる」

「将宗様が手配なさったんですよ。電動で平らになって、このままお昼寝ができるようになっているんです」

「うわぁ……」

将宗の過保護が全開だ。大きなソファーは悠希が寝るには充分で、傍《かたわ》らにはフカフカの毛布も用意されている。

入院の荷物を片付けてリビングに入ってきた将宗に、悠希は思わずぼやいてしまった。

「わざわざソファーを買い替えなくてもよかったのに……」

「悠希は一ヵ月、安静だからな。リラックスできる場所は多いほうがいい。座り続けるのは疲れるだろうし」

「そうですけど……」

「いいじゃないか。これに寝転がりながら映画を見るのもいいなと思って買ったんだ。ほらほら、動かしてみろ」

リモコンを渡され、ボタンを押すと、背もたれがゆっくり倒れていく。完全にフラットになるし、硬すぎず柔らかすぎずで寝心地もよさそうだ。それに将希の眠るベビーベッドも視界に入るという、至れり尽くせりぶりである。

そこに将宗が頭の下にクッションを敷き、フカフカの毛布を掛けてくれて、なんともいえず心地良い空間になる。

「気持ちいいかも～」

「気に入ったか？」

「はい。眠くなっちゃいそう」

やはり体が休息を必要としているのか、入院中も毎日昼寝をしていた。

夜は看護師が将希を見てくれるし、将宗がすぐ側にいてくれるおかげで夜もぐっすり眠っているのに、どうにも眠くて眠くて仕方ないのだ。

だから昼寝用というには贅沢なソファーベッドはありがたい。甘やかしすぎと思いつつ、それが嬉しいのだから喜んで使わせてもらうことにした。

「紅茶を淹れましたよ。ケーキもどうぞ。出産のお祝いに、うちの近くで評判のお店で買ってきました」

「うわぁ。ありがとうございます。美味しそう」

「ここは生クリームが美味しいので、ショートケーキにしました」

悠希はリクライニングを起こしてきちんと座り、早速ショートケーキを食べる。

「んんっ、美味しい！　濃厚なのにしつこくない生クリームと、ふんわりスポンジ……甘さも絶妙ですねぇ」

「大きさも三種類あるのが嬉しいんですよ。健康とか体型とか、いろいろ気になりますでしょう？　小さいのでも食べられれば満足できますからね。絶品のプリンもありますので、そちらはオヤツか夕食のときにでもどうぞ」

「ありがとうございます。楽しみ～」

入院中の甘味は果物とゼリーくらいだったから、余計に美味しく感じる。

甘くなった口を香り高い紅茶で流し、悠希はホッと吐息を漏らす。

「やっぱりうちはいいなぁ」

「ああ、落ち着くな」

将宗も悠希と一緒に病室泊まりだったから、ここに戻るのは久しぶりらしい。ときおり着替えを取りに寄っては、すぐに飛び出す日々とのことだった。

だから将宗もソファーに凭れかかり、脱力している。

「なんだか眠いな……」

「確かに……」

「それでは、昼食まで少しお休みになられたらいかがですか？　お昼ご飯ができたら起こしますので」

「いいかもしれないな」

そう言うと将宗は悠希の体を抱き上げ、寝室へと向かう。

「あのソファーでは、さすがに二人は窮屈だからな」

ベッドに下ろされ、楽な部屋着に着替えさせられる。悠希は座ったまま、手や足を持ち上げるだけだ。

横になるのだって腹筋に力を入れないようにと将宗が支えてくれて、ずいぶんな甘やかされっぷりだった。

「それじゃあ、私は将希を連れてくる」

「はい」

ベビーベッドはこの寝室とリビング、念のため悠真のところにも置いてある。おかげでいちいち移動させる必要がないので楽だ。

「あー、久しぶりの自分のベッドだ」

この部屋と同じように、いつの間にかベッドや枕にも馴染んでいる。おまけに八日ぶりに将宗と一緒に眠れるのだから、ドキドキして落ち着かなかった。

すぐに戻ってきた将宗は、「ぐっすり眠っているぞ」と言いながらソッと将希をベビーベッドに下ろす。

上掛けをかけてポンポンと優しく叩き、自身も楽な部屋着に着替えてベッドに入ってくる。

抱き寄せられ、馴染んだその匂いと腕の感触に悠希はうっとりとする。

「ああ、久しぶりの悠希だ……」

同じようなことを言っているなぁと、悠希はクスクス笑う。

「やっぱり我が家はいいですね」

「本当にな。同じ病室にいても、一人寝は寂しかった」

「ボクも」

特別室で立派なベッドがあるとはいえ、悠希はトイレのたびにリクライニングを起こし、

「いたた」と腹を庇って歩かなければいけなかった。

一緒に寝て手が当たったら大変ということで、分娩《ぶんべん》後は一人寝が続いていたのである。

夜中にふと目が覚めたとき、隣に将宗がいないと気づいて動揺し、すぐ近くで寝息が聞こえてホッとした。

それからドッと寂しさが押し寄せてきて、将宗の腕枕で寝たいなぁと思うのだ。

最初は特別室なんて贅沢すぎると思ったのだが、おかげで将宗が泊まっていけた。普通の個室では無理という話なので、特別室でよかったと感謝した。

将宗の腕に包まれると、安心する。

規則的な胸の鼓動が、悠希を眠りへと誘う。

（あー……幸せ……）

赤ん坊は無事に産まれ、幸運なことに元気なアルファで、こうして将宗の腕の中に戻れた。

悠希はホッと吐息を漏らすと、トロトロと眠りの中へ入っていった。


コンコンというノックの音と、「お昼ご飯ができましたよ」という上野の声。

目を覚ました悠希の頭はスッキリし、短い時間だが熟睡したと分かる。

「ああ、よく寝た……」

「私も、ずいぶん長く眠った気分だ」

将宗は大きく伸びをしてから立ち上がり、悠希を抱き上げる。

「ドアを開けてくれるか？」

「はい」

リビングに行くと昼食が用意されていて、悠希は思わず「うわぁ、美味しそう」と声をあげてしまう。

オムライスと、大きなエビフライが二本。たっぷりとタルタルソースが添えられている。

「入院中のメニュー表を見させてもらいましたら、やっぱり和食が多かったので。夜は酢豚と海老チリにしますね」

「ありがとうございます。嬉しいなぁ」

将宗に下ろしてもらって椅子に座ると、将宗が寝室に戻って将希を連れてくる。まだ目を覚ます気配はなく、ぐっすり眠っていた。

「それでは、いただきます」

「いただきます。――んんっ、美味しーい」

「卵がトロトロだ。旨い」

「将宗さんも、洋食好きですもんね」

悠真も洋食好きだから、食卓に洋食が載ることが多い。入院中も特別室だけあって食事はとても美味しかったのだが、和食が多いから洋食が恋しかった。

「明日のお昼はビーフシチューを作りますし、ハンバーグの種も作っておくので、夜はビーフシチューハンバーグにしてください」

「す、素敵すぎっ。上野さん、すごい」

「私が盲腸で入院したときに食べたかったものなんですよ。ケーキ、洋食、中華……一度、追加料金を払ってオムライスにしたのですけど、そのまずいことといったら。退院してすぐにオムライスを作って食べました」

「なるほどー。やっぱり、入院すると食べたくなるものって似ているんですね」

「ご馳走的なものも食べたかったですね。自分では作れない、イタリアンやフレンチのコース料理とか。悠希さんの体が楽になったら、お二人で出かけられるといいですよ。将希さんは私が見ていますから」

「ありがとうございます」

なんとも頼もしい先輩ママには感謝しかない。

久しぶりのオムライスとエビフライをパクパクと食べ、食後のお茶をもらってまったりしているると将希が泣きだす。

「お？　オムツかな？　それともミルクか？」

有給を取っている三日の間は将宗が上野に特訓してもらうことになっているから、張り切って立ち上がる。

上野も一緒にベビーベッドに行って指導した。

「まずはオムツが濡れているか確認しましょう」

「はいっ。――濡れていないようです」

「でしたら、ミルクですね。お湯を沸かすことから始めますが、早くしてあげないとかわいそうなので必要な分だけ沸かします」

「はい」

「お湯を沸かしている間に、ミルクの準備です。哺乳瓶《ほにゅうびん》は消毒済みのこちらから出し、ミルク缶を開けて粉ミルクを入れます」

「はい」

一生懸命な様子の将宗が可愛い。

悠希はお腹が空いたと泣く将希を抱っこしてあやしながら、ミルク作りを教わっている将宗を眺めていた。

「……はい、それでは手首に少しだけミルクを垂らして、熱くないか確認してください」

「あたたかい感じです」

「大丈夫そうなので、飲ませてみましょう」

哺乳瓶を持ったままソファーに腰かけた将宗に、将希を渡す。そして上野に抱き方を指導されつつ哺乳瓶の乳首を咥《くわ》えさせると、勢いよく飲み始めた。

「おお、ずいぶん腹が減っていたみたいだ」

「たくさん飲むから、しっかり眠ってくれるみたいですよ。ミルクをあまり飲まない子は、すぐにお腹が空いて一、二時間で泣いちゃうって看護師さんが言ってました」

「そうなると親は一日中ミルク作りとオムツ換えに追われることになるな」

「大変みたいです。たくさん飲んでくれる子でよかった……」

その言葉に上野がうんうんと頷く。

「私の二人目の子供がそうでしたよ。ミルクを半分も飲まないうちにもういいってイヤイヤして、すぐにまた泣くんです。あの子が一人目の子供だったら、神経質になって参ってしまったかもしれません。二人目で助かりましたよ」

「やっぱり大変でした？」

「ええ、それはもう。毎日寝不足でした。何しろ、まとまった睡眠が取れませんでしたからねぇ。連続で三時間眠れれば御の字だったんですよ」

「そ、それは大変……。将希はいつも、三時間か四時間くらい眠ってますけど……」

「うちの子は、本当に一、二時間ごとに泣いていました。若い時分で体力があったからなんとかなりましたけど、今思い出してもよくがんばったなぁって思いますよ」

「お、お疲れさまでした。大変だったんですね」

「過ぎてしまえばあっという間です。特にこの、小さなときは。本当に可愛らしいわ」

多めに作ったミルクはその大部分がなくなり、将希も満腹になったようである。

吸わなくなったところで悠希が哺乳瓶を受け取り、将宗は将希を肩に持ち上げてポンポンと背中を叩く。

ケプッと息を吐き出したのを確認してベッドに戻すと、すぐさままた泣き始めた。

「うわぁ。なんだ？　どうした？　もうお腹いっぱいだろう？」

動揺する将宗に、悠希はクスクスと笑いながら言う。

「オムツだと思いますよ」

「なるほど、オムツか……それなら大丈夫だ」

入院中に何度か交換しているから、こちらはすでに慣れている。器用な将宗はすぐにやり方

を覚え、今も危なげなく交換していた。

「素晴らしい！　上手なものですねぇ。この調子なら、ミルクもすぐに上達しますよ」

「三日の間に、完璧になっておきます」

「お父さんが三日も有給を取って、こうして赤ちゃんの世話をしてくれるなんて……うらやましい話です。うちの夫は、ろくに手伝ってくれませんでしたよ。小さすぎて怖いとか言って」

その言葉に、悠希と将宗は思わず頷いてしまう。

「怖いっていうのは、よく分かります。小さくて、やわらかくて、潰しちゃったらどうしようって思いますから」

「そうだな。まるで骨なんてないみたいに、やわやわのぷにぷにだ。頭も手足も、何もかもが小さくてやわらかい」

まだ首が座っていない赤ん坊なので、抱き上げるのも細心の注意を払っていた。

「おっかなビックリしているうちに、あっという間に大きくなりますよ。赤ちゃんとの生活は大変ですけど、やっぱり可愛いですよねぇ。なんて小さなお手々」

オムツを交換するとすぐに目を瞑ってしまった将希は、手を揉《も》み揉みされても起きない。

「可愛いなぁ」

「ああ、可愛い」

悠希と将宗は、気持ち良さそうな我が子の寝顔を飽きずに眺めた。

午後になると悠真が帰ってきて、隣の部屋からバタバタと走ってくる。

「ただいま〜。将希は⁉」

「そこで寝てるよ」

「わぁ〜」

悠真はベビーベッドに近づき、上から将希を覗き込む。

「やっぱり小さ〜い。ぐっすり寝てるね」

「さっきミルクとオムツをやったばかりだから、しばらく起きないと思うぞ」

「あ、そうなんだ。いいなぁ。ボクもミルク、あげたい」

「この五日は私の特訓期間だから、悠真くんはそのあとということで」

「は〜い。兄さんたちがボクに任せてデートできるように、がんばってレベル上げるね。初めての甥っ子っていうことでいろいろ調べたら、赤ちゃんができても二人の時間を持つのが大切って書いてあったし」

「それはありがたいな。そのときはよろしく」

「うん。最初のうちは、上野さんがいるときか、お母さんの休みの日でよろしく〜。泣きわめく将希をあやしつつ、ミルクを作るのって一人じゃ難しそう」

「慣れれば大丈夫ですよ。お教えしますから、がんばりましょうね」

「はい‼」

その宣言どおり悠真も上野から将希の世話の仕方を熱心に習い、甥っ子の面倒を見なきゃだし～ということで、すっかり隣に居を移した。

おかげで悠希は、大助かりである。しばらくの間、悠希は家事などを控えて安静にしたほうがいいとのことなので、悠希の代わりに悠真と将宗ががんばってくれた。

月曜日から将宗は出勤となり、朝食作りにミルクやオムツ交換が加わった朝はバタバタとしている。この五日で将宗もすっかりイクメンが板についてきていた。

三人で協力をして朝食をすませると、将宗は悠真を車に乗せて出勤となる。

十時くらいに上野がやってきて、掃除や洗濯といった家事をしてくれる。そして昼食は上野に作ってもらって二人で食べたり、動いてもあまり傷口が痛まなくなってからは悠希の体力作りの散歩と気分転換を兼ねて外で食べたりもする。

赤ん坊を人に任せて一人になる時間は絶対に必要だと、上野に強く勧められたのである。

二人の子供を育て上げた上野は頼もしく、分からないことや戸惑うことなど相談できてとてもありがたい。

悠真が中学から帰ってくるのと入れ替わりで上野は帰り、なるべく一人にならないよう環境が整えられていた。

将希はミルクをよく飲み、夜泣きもあまりしない育てやすい子で、とても助かる。

将宗そっくりの顔に、同じように青く澄んだ瞳——コピーしたんじゃないかと思うくらい似ている。だからこそ悠希にとってはとてつもなく可愛らしく、愛おしい存在だ。

そして迎えた、一ヵ月健診。将宗も来たがったのだが、どうしても抜けられない会議があるからと、上野と二人、タクシーで病院に向かった。

健康状態をチェックし、問診も終えて、将希は極めて健康と太鼓判を押してもらえた。

身長も体重も、平均を超えて伸びているらしい。

悠希のほうもゆっくりさせてもらったおかげで体調もすっかりよくなり、なんの問題もないと言われた。

「夫婦生活も、再開して大丈夫ですよ」

「え……」

将希がお腹にいる間も控えめとはいえあった夫婦生活だが、臨月が近くなってからはなくなった。だからずいぶんご無沙汰なのだ。

「それではまた、来月お越しください。予約を入れてもよろしいですか？」

「あ、はい。お願いします」

診察室を出た悠希は待合室の上野のところに行き、隣に座る。

「どうでした？」

「極めて健康って言ってもらえました」

「そうでしょうとも。たくさんミルクを飲むし、すくすく大きくなっていますからね。悠希さんの傷のほうはどうですか？」

「おかげさまで、問題なしとのことです。のんびりさせてもらいましたから」

「それはよかったです。一安心ですね」

「はい」

精算して病院を出るが、ちょうど昼近くだからランチを買って帰ろうということになる。すぐ近くにオシャレなイタリアンの店があったので、そこで二人分のパスタと前菜の詰め合わせを購入してタクシーに乗った。

「主婦にとっては、パスタより前菜のほうがありがたみがありますね。何種類も料理を作るなんて、大変ですもの」

「そうですね。……あ、そうだ。いったん帰ってランチを食べてから、デパートに行っていいですか？　お摘まみとかケーキを買いたいんです」

「一ヵ月のお祝いですね」

「はい。健康って言われて、ホッとしました」

上野という頼もしい先輩ママがいて、将宗や悠真という協力があってさえ、初めての子育ては喜びと不安の連続だった。

生まれたての将希はあまりにも小さく、ちょっとしたことでも命の危機に繫がると実感していたのである。

それが日に日にしっかりとし、無事に一ヵ月が過ぎたのは祝っていいと思う。

それに、夫婦生活を再開してもいいと言われたということは、悠希の体も完全に回復したということで——そこまで考えて、悠希は照れてしまう。

将宗にまた抱かれることができるのは嬉しい。

毎晩将宗の腕の中で眠っているが、やはり夫婦生活がないのは寂しいし、物足りないし、OKが出てウズウズするものがある。

腕の中でスヤスヤと眠る将希を眺めながら、ソワソワと気もそぞろな悠希だった。


日々はゆっくりと、平穏に過ぎていく。

せっかく医師から夫婦生活にOKが出たにもかかわらず、悠希は将宗に言いだせずにいた。

切り出し方が、難しい。照れるし、誘っているみたいで恥ずかしいしで、どうにも口に出せないのだ。

そして、そんなある日の朝。

——その日の悠希はいつもより一時間も早く目が覚め、起きたときから何かおかしかった。

体が熱っぽくて頭がぼんやりし、風邪をひいたのかもしれないと思う。

けれど将宗を起こさないようソッとベッドを抜け出して体温計で測ってみても平熱で、どうしようか迷う。

熱がないだけで風邪《かぜ》をひいていたら、将希にうつしてしまうかもしれない。それは絶対に避けたいし、ここはやはり将宗たちに任せて、おとなしく寝ているべきだろうかと考えていた。

「悠希……」

目を覚ました将宗が、眉間に皺を寄せて悠希を見つめている。

「あ、ごめんなさい。起こしちゃった？　なんか、ちょっと熱っぽいかなと思ったんだけど……風邪をひいてたらどうしよう……上野さんに電話して、早めに来てもらったほうがいいかな？　将希にうつったら大変だし……」

オロオロする悠希を将宗が抱きしめ、よしよしとばかり頭を撫でながら落ち着くよう言う。

そして悠希の首元に顔を埋め、クンクンと嗅いでからふーっと大きく息を吐き出した。

「上野さんには、私から電話をする。一刻も早く来てもらわないと」

一刻も早くという言葉に、悠希は軽いパニックに襲われる。

「ええっ？　やっぱり、風邪？　どうしよう……将希に近づかないようにしなきゃ。ボク、悠

真のほうの部屋に移っておとなしくベッドで寝ているから、食事と薬だけ差し入れてくれれば
――……」

「悠希、落ち着いて。それは、風邪ではない」

「風邪じゃない？　でも……」

「違う。発情期だ」

「は？　え？　は、発情期……？」

あまりにも予想外のことを言われ、ポカンとしてしまう。

「ああ。この甘く、芳《かんば》しい匂い……間違いない。熟れた桃とリンゴをミックスしたような……なんて美味しそうなんだ」

「ええっ……ウソ、なんで……」

「出産があって、少し間が空いたからな。さすがに出産期間中は発情しないと言われているから、体が元に戻ったということなんだろう。オメガは番に抱かれない期間が長くなると、発情期に突入するらしい」

「あ……」

番を持つオメガにとって、夫婦生活は体を安定させる抑制剤代わりという面があった。だからこそ早く将宗にもう大丈夫と言わなければいけなかったのだと分かっても、もう遅い。

悠希の体はすでに発情期に入っているようで、体が熱くてたまらなかった。将宗に言われて

自覚したことで、体の中のウズウズがどうしようもなく大きくなっている。

「……ああ、まずいな。匂いが強くなって、私の理性が吹き飛びそうだ。しかし、そうもいかないわけで……まずは上野さんに電話をして早めに来てもらい、悠真くんを起こして事情説明……それから秘書に電話をして今週は病欠だ」

「う……すみません……」

発情期に入っているのだから、将宗にいてもらわないと悠希はひどく困ったことになる。けれど副社長という地位に就いている将宗の急な休みは迷惑なはずで、自分が早く言わなかったばかりに……と悠希は猛反省する。恥ずかしいなんて言っている場合じゃないのだと、身をもって思い知ることとなった。

「私はやるべきことを手早くすませるから、少し待っていてくれ」

「は、い……」

体が疼いてすぐにでも抱かれたいという強い欲求があるものの、そうはいかないのは分かっている。悠希は頷き、ベッドに戻って丸まった。

「うー……」

発情期のフェロモンを嗅いでいるとまずいのか、将宗はスマホを手に持ち、部屋を出ていく。

ミルクとオムツのとき以外はよく寝る将希は、ぐっすりと眠っていてまだ起きる気配がない。

悠希自身には感じられないフェロモンは、番を得た今、誘うのは番だけのはずなので、将希に影響はないようだった。

(発情期って、どれくらいかかるんだっけ……たしか、三日から五日……？)

その間、寝るとき以外のほとんどの時間は情欲に支配されるから、当然、将希の世話は悠真と上野に任せることになってしまう。

悠希はムクリと起き上がると、ベビーベッドで眠っている将希をソッと抱き上げる。

(ずっと一緒だったのに、しばらく会えなくなるのかな……寂しくて泣いちゃったらどうしよう……ああ、もう、ボクのバカ！　ちゃんと将宗さんに言わなきゃいけなかったのに)

医師も、夫婦生活に口出ししにくい気持ちは分かるが、発情期の心配があるからと説明してくれればよかったのにと八つ当たりしてしまう。

アルファとはいえまだ赤ん坊で、親の愛と庇護を必要とする将希……生まれてからずっと側にいたので、三日も四日も離れるのは心配で仕方なかった。

悠真と上野なら任せても大丈夫と分かっていても、悠希自身が寂しくてたまらない。

プニプニの柔らかな頬と、小さなモミジのような手。悠希の指をキュッと握るのが、可愛くて愛おしい。

(将希……)

将希とのしばしの別れを惜しんでいると、将宗が戻ってくる。

「上野さんが、すぐに駆けつけてくれることになった。悠真くんが家を出る時間に間に合いそうだ」

「よかった……」

「発情期が終わるまで、将希の生活は隣ですることになる。寂しいな」

「はい……」

将宗は悠希の腕の中の将希の頬を撫で、二人でしんみりしてしまう。

「オムツやミルクなんかはすでに運び込んだから、しばらく二人きりだ。それはそれで楽しみではあるんだが」

ニヤリと悪い顔で笑われて、悠希はうっと胸を押さえて顔を赤くする。

（絶対、ボクがこの顔に弱いの分かってて、やってる……）

「おっと、まずい。匂いが強くなった……将希を悠真くんに預けてくるから、待っていてくれ」

将宗は将希を受け取ると、慌てて寝室を出ていってしまった。

「うー……」

襲いくる寂しさと、欲情――風邪とは違う熱が悠希の体内でグルグルと駆け巡り、なんともいえない焦燥感を覚える。

「これが、発情期……」

どうにも落ち着かず、悠希は部屋の中をウロウロと歩き回る。ただ座っているのも難しく、立ったり座ったりした挙句にウロウロするしかなかったのだ。

「悠希、待たせたな」

戻ってきた将宗に抱き上げられ、そのままベッドにダイブする。

過敏になっている鼻は将宗の興奮している匂いを嗅ぎ取り、頭がクラクラしそうになったが、寝間着のボタンに手がかけられたことで慌てる。

熱に浮かされたような頭で、悠真と将希がリビングにいるかも……と気になった。

「ま、待って！　将希は？」

「悠真くんと、隣にいる。発情期のことを伝えて、こちらには来ないよう頼んだから大丈夫だ」

悠希が発情期に入ったと知られていても、行為に夢中になっている声を聞かれるのは恥ずかしい。悠真は多感な年頃なわけだし、隣にいてくれたほうが安心できた。

ホッとすると同時に、より強く将宗の匂いや胸の厚み、押しつけられた下肢の高ぶりを意識する。将宗はもう、すっかりその気になっているようだった。

途端に、悠希の体がカーッと熱くなる。

「あ、あ、なんか、もう……」

発情期という言葉の意味を、体で理解させられている気がする。まだ何もしていないにもかかわらず、将宗が欲しくて欲しくてたまらなかった。

今すぐにも太いもので突いてほしいという欲望が、焦燥として全身を駆け巡る。

悠希が思わず将宗の下肢をまさぐると、「くっ」という声とともに寝間着のズボンを剥ぎ取られた。そしていきなり陰茎を咥え込まれる。

「あぁっ！　あっ、あっ、あぁあぁぁぁ！」

それでなくても過敏になっているそこは、将宗に強く吸われることであっけなく達してしまう。あまりにも急すぎて、軽い眩暈《めまい》がしたほどだ。

「うーむ……まさしく甘露だ。もともと番の体液は甘く感じるものだが、発情期中のこれは素晴らしいものがあるな」

「……………」

心当たりがある言葉に、悠希は顔を赤らめる。

セックスに慣れ、少し余裕が出たところで、自分ばかり奉仕されるのはどうなのかと思い、何度かがんばっている。

手に余る将宗の雄芯を愛撫し、口に咥えたり舌で刺激したとき、先端から溢れる粘液が妙に甘く感じたのだ。

それに、匂いもよかった。粘液は青臭いものというイメージがあったので驚いたし、その匂いは番にとってちょっとした媚薬にもなるらしく、夢中になって舐めてしまった。

それからは将宗に咥えられるのにも抵抗がなくなり、素直に快楽に身を任せられるようになっている。

発情期中はさらに甘く感じられるのかと思うと、嬉しいような、張り切りすぎて怖いような複雑な心境になってしまった。

けれど体のほうは確実に悦びと捕らえていて、達《い》ったばかりにもかかわらず体中を這い回る将宗の手に顕著な反応を見せる。

発情期のフェロモンに中てられた指が性急に双丘の奥の蕾に伸ばされたが、そこはすでにしっとりと濡れてやわらかくなっていた。

期待にヒクつき、将宗の指を取り込もうとしているのが分かる。

だから将宗も慣らすのはそこそこに、いったん離れる。そして急いで全裸になると、サイドテーブルの引き出しから避妊具を取り出して自身の屹立に装着した。

「あ……」

「すぐに次の子を妊娠するのは、悠希の体に負担がかかるからな」

発情期がきたのは妊娠可能という合図だが、悠希の体はまだ完全に回復しているとはいえない。次の子を産むまでに、一年くらい空けたほうがダメージが少ない。だから避妊してくれるのはありがたかった。

将宗は避妊具をつけた雄芯を押し当て、ズズッと入り込んでくる。

「あっ！　――あんぅ……あぁ……」

気持ちがいいと、嬌声があがる。

いつもよりずっと余裕がない挿入にもかかわらず、とろけそうな悠希の秘孔は悦びとともに大きなものを迎え入れていた。

一気に根元まで埋められても、喜悦しか感じない。それどころか、もっともっとと淫らな収縮を繰り返して将宗を誘っている。

ただやはり、将宗との間に薄い膜を感じて物足りなさもある。直《じか》に将宗を感じたいと思った。

悠希は発情期の熱に浮かされ、焦燥感に苛《さいな》まれている。挿入の間は感じなかったのに、最後まで受け入れ、動きがとまった途端にもどかしさに襲われた。

悠希が違和感に馴染めるよう将宗が欲望をこらえてくれているのだと知っている悠希は、将宗のギュッとしがみついている腰を揺らめかせる。

「いい、から……将宗さん、動いて」

「くっ」

意識的に将宗のものを締めつけたから、将宗の理性にとどめを刺したようだ。

番の強烈なはずのフェロモンを嗅いでなお、悠希を傷つけまいと暴走しないようにしてくれる将宗に愛を感じる。

けれど発情期中の今は、本能剥き出しで求めてほしいと思っていた。

全身がフェロモンで満たされ、体中がグズグズにとろけていて、どんな無茶でも大丈夫という確信がある。

将宗はそんな悠希の要望に応え、思いっきり自身を引き抜き、そして押し込んでくる。

「ああっ‼　あ、あ、あんっ」

思ったとおり、そこには快感しかない。どうしたって挿入したては異物感があったのに、今はその持て余す大きさすら悦びへと繋がっていた。

肉襞を擦られ、奥を突かれるたびに嬌声があがる。

「あぁん……あぁ、あ、あぁぁ」

激しく抽挿され、掻き混ぜられる感覚は、たまらないものがある。ひたすらに気持ちがよく、グンッと深く突き上げられたときには、後ろだけで達ってしまった。

「あぁあぁぁぁぁっ」

頭の中でチカチカと火花が散ったが、将宗の動きはとまらない。余韻に浸る間もなくすぐにまた悠希は快楽の波に引きずり込まれ、何も考えられなくなる。

寝室には悠希の放つフェロモンの香りが満ち、それが媚薬となって、二人ともに本能のままひたすら快感を貪っていた。

「んぁっ……いい……あ、あ、あんっ……」

熱に浮かされるというより、自身が熱そのものになったような感覚。

全身が熱く燃え、同じく炎の塊のような将宗とぶつかり、溶け、混じり合う。どこまでが自分か分からなくなるが、将宗の屹立だけは激しく存在を主張していた。

愛おしい将宗の分身であり、快楽の源だ。

本能に支配されている悠希は、自らも腰を揺らし、ひたすら快感を追い求める。もう、何も考えられない。悠希の世界には将宗だけしか存在せず、キスと愛撫と抽挿がすべてとなる。

「あ、あ、あぁぁ……」

悠希は何度でも頂点へと達し、達っても達っても尽きない欲望に翻弄された。

★
★
★

発情期は四日ほど続き、その間悠希はずっと熱に浮かされるような状態で喘《あえ》がされまくることとなった。

果てても、果てても、欲望は尽きない。もうこれ以上は無理だと心が悲鳴をあげるのに、体はもっともっとと貪欲だった。

発情期は赤ん坊を産む準備ができましたよという体の合図だ。最初の発情期だけはできにくいとされているものの、悠希はすでに子供を産んでいる。だからこの発情期での妊娠は充分に可能なはずだった。

けれどそれでは、あまりに体の負担が大きい。だから将宗は避妊してくれたのだが、直接将宗を感じられないのはやはりちょっと物足りなかった。

熱や鼓動をリアルに感じ、愛され、求められていると実感できるのがいいのに――と、残念に思う。どうにも満足感が足りないのだ。

もっとも、八神家は子供ができにくいからという油断のもと、あっさり妊娠してしまった身としては、避妊は仕方ないと分かっている。

それに将宗を直接感じられなくても、愛されているのはちゃんと伝わってきた。

何しろ激しい欲望に精魂尽き果てている悠希を風呂に入れ、あれこれ食べさせてと、それはそれはマメに世話してくれたのである。

それだけではない。合間合間に将希を連れてきてくれたので、抱きしめることができたのが嬉しかった。

将希は眠っていたり、キャッキャッと笑ったりととても元気そうな様子で、悠希の不安は綺麗になくなった。

欲望の嵐に翻弄される中、唯一の心配事が将希だったから、将宗には感謝しかない。

そしてまた欲望の波に揉まれ——ということを繰り返し、ようやく発情期が終わったときには悠希はもうヘロヘロだった。

起き上がれないどころか、腕を持ち上げるのもしんどい。指一本でさえ動かしたくない状態だ。

「今日……何曜日……？」

「金曜だ」

「発情期に入ったのが、火曜……四日も休ませちゃったんだ……」

おまけにもう週末に入るわけだから、将宗の秘書は頭を抱えているに違いない。

「ごめんなさい……ボクが、夫婦生活のＯＫが出たって言ってれば……」

シュンと反省する悠希に、将宗は目をキラキラさせて勢い込んで言う。

「何を言っている。おかげで素晴らしい体験だったぞ。発情期が『天恵』と言われる意味がよく分かった。まるで夢のような時間だったな」

「同意する部分と、否定したい部分があるような……とりあえず全身が筋肉痛だし……動くのが怖い……」

　発情期の高揚がなくなってしまうと、酷使された体の負担がドッと押し寄せてくる。

　初めてのときも腰が痛くて大変だったが、今はあのときの比ではない。ソファーに座るのも無理そうな痛みが悠希を襲っていた。

「週末で私も休みだし、二日あればある程度は回復できるだろう？　やはり発情期の休暇は一週間必要だな」

　いい抑制剤がなかった頃は、オメガは年に何度もこんなふうに唐突な休みを取るしかなかった。そのせいで仕事を続けるのが難しかったのである。

「昔のオメガは大変だったんだなぁ……」

「ああ。だが、発情期の悠希の素晴らしさといったら……長めの休暇に合わせて、わざと発情期を迎える夫婦がいるというのも納得だ。これはまた、ぜひ体験してみたいものだな」

「んーんー……今はちょっとお腹いっぱいの気持ちなので、勘弁してという感じが……。ほとぼりがさめたらいいかも……と思えるかも？　すごく気持ちよかったのは確かだし。異次元体験な感覚だったけど、反動が大きくて。うーん、こんなに体中が筋肉痛になるなんて知りませんでした」

「それはさすがに想定外だったな」

将宗はクスクスと笑いながら寝間着を着て、悠希にチュッとキスをする。

「将希を引き取ってくる。会いたいだろう？」

「もちろん！」

（ああ、もう、なんて気が利くんだろう……）

悠希が浮き浮きしながら待っていると、将宗が将希を連れてきて、悠希の隣に寝かせてくれる。

将希の顔を見ようと体勢を変えた悠希は、小さく悲鳴をあげることになった。

「いたたた……ああ、よかった。元気そう」

「ミルクをたらふく飲んだが、いつもと違って不機嫌だったそうだ。……今は、ご機嫌だな」

あーあーと言いながら悠希に手を伸ばしている将希は不機嫌には見えない。耳の裏をくすぐると、きゃっきゃっと笑った。

「ご機嫌ですね」

「やはり、悠希と離れていたのが不満だったかな？　まぁ、いい。食事を持ってくる」

「はい、お腹空いた……」

将宗が戻ってくるまで、悠希は将希を構って遊ぶ。なんともご機嫌で無邪気な将希が可愛らしく、自然と笑みが浮かんだ。

戻ってきた将宗は、ベッド用のテーブルをセットして、その上にサンドイッチとスープを載せる。簡単に食べられるようにと、上野が用意してくれたものだ。

悠希は腰に力が入らない状態だから枕を重ねて凭れかかれるようにしてくれて、将希を真ん中に親子三人並ぶ形での食事となった。

「うー……発情期の副作用……？　後遺症……？　大変……」

お腹が空いているのに、サンドイッチに手を伸ばすこともできない。

「若いんだから、すぐに回復するさ。大丈夫、大丈夫。ほら、悠希の好きな卵サンドをどうぞ」

「……………」

上機嫌の将宗は悠希の口元に一口大のサンドイッチを近づけ、食べさせてくれる。

発情期の素晴らしさに耽溺した結果、あからさまに二度目を画策しているのが分かる。そのための至れり尽くせりというのもありそうだ。

悠希としても今は無理と思っても、絶対にいやだというわけではない。

悠希は将宗を見て、妙に浮かれていて可愛いなぁ、仕方ないなぁと思い、そう遠くない未来に二度目を承諾することになるんだろうなぁなどと考える。

せっせと悠希の口にサンドイッチを運ぶ将宗に、愛されてるなぁと幸せに浸った。

将希の初歩き

それは、ある休日の親子の団欒《だんらん》。

将宗が休みの週末は上野も休みだし、悠真も極力邪魔をしないように気を使ってくれているらしい。もっとも、せっかくの休みだからと友達と出かけたり、日々溜まっていく有料チャンネルの録画を見まくるなど、やりたいことはたくさんあるようだ。

将希のミルクで起こされ、ちょうどいい時間だからとそのまま朝食となる。

ご飯が残っていたので、冷凍のミネストローネを使って簡単おじやだ。これにスクランブルエッグとソーセージをつければ、なかなかのボリュームになる。

甘えたい気分らしい将希は、ベビーベッドに寝かせようとすると泣くので、ソファーのほうのテーブルで食べることにした。

悠希の隣に座らされた将希は、ご機嫌だ。悠希に凭れかかり、足をバタバタと動かしている。

そのうち飽きたのか、悠希の膝の上によじ登ろうとがんばるなど、活発な様子だ。

「うん、今日も元気」

「元気いっぱいだ」

よかったよかったと頷きながら朝食を食べ終え、悠希が食器を片付けている間、将宗は将希と遊んでくれる。

最近、はいはいもずいぶんと速くなったし、歩きたがる様子を見せている将希なので、目が離せない。転んでも大丈夫なように家具のあちこちにクッションを取りつけ、すっかり子育て仕様の部屋になっていた。

「おっ⁉　歩いた！　将希が歩いたぞ‼」

「ええっ⁉」

将宗の言葉に慌てて振り向いたが、一足遅く、将希はもうへチャリと座り込んでいる。

「ああっ、見損ねた～。将希の初めての一人歩きっ」

悠希は将希の元に駆け寄ると、その小さな手を取ってお願いする。

「もう一回。将希、もう一回、よちよちしよう？　将希が歩くとこ、ボクにも見せて」

「んーんっ」

将希もまだまだ歩く気満々のようで、キリッとした表情でよいしょと立ち上がる。

将宗も手を添えて補助していたが、将希の頭の中は歩くことでいっぱいの様子だった。

一歩、二歩、そして三歩――。

「おおーっ。すごい、すごい」

四歩目でまたへチャリと座り込んでしまうが、よちよちながらちゃんと一人で歩いていた。

パチパチと拍手をすると、将希もきゃっきゃっと嬉しそうに笑う。

思わず抱き上げてギュッと抱きしめると、腕にズッシリとした重さを感じる。

「あんなに小さかったのに、もう歩けるなんて……赤ちゃんが大きくなるのって、あっという間」

「本当になぁ。毎日見ているから気づかないが、たまに生まれたての将希の写真を見ると、あまりの違いに驚かされる」

「ボク、そろそろ抱っこするのが大変になってきちゃって……重い」

「もう少ししたら、靴を買いに行かないとな。いや、ファーストシューズなんだから、オーダーするか。外歩きデビューの日を決めて、名前と日付も入れよう」

「それはまた、大掛かりな……」

ろくに歩けない赤ん坊のために靴をオーダーするのはもったいないと思うのだが、やる気に満ちた将宗は止められそうにない。

「しかし、私が懇意にしている店は革靴専門だしな……ちょっと検索してみよう」

ブツブツと呟いてパソコンに向かい、オーダーメイドの子供靴を検索し始める。

「やれやれ。パパは甘いねぇ」

悠希との愛の結晶であるのに加え、アルファとして生まれたことで将宗の父親の反対もなくなった。妨害工作をされる心配をすることなく、みんなに祝福された穏やかな日々が過ごせているのである。

もし将希がベータだったら、それ見たことかと宗長は悠希と別れさせようとするだろうし、再びオメガの良家女性を将宗に送り込んだに違いない。

今、こうしてのんびり暮らせているのは将希のおかげだった。

意図せぬ妊娠ではあったが、結果、とても幸せである。

「生まれてきてくれて、ありがとうね」

悠希は感謝の言葉を囁き、将希のやわらかな頬にチュッとキスをした。

あとがき

こんにちは～。このたびは「純白オメガに初恋プロポーズ」をお手に取ってくださり、どうもありがとうございます。

今回、表紙をすでに拝見させていただいておりまして――ピンクのバラのアーチでプロポーズという素敵さ、悠希の可憐さにうっとりです。明神《みょうじん》翼《つばさ》さん、いつも素晴らしいイラストをありがとうございます！　モノクロのほうではぷっくりした二人の赤ちゃんも登場で、可愛いぃぃぃ……テンション上がりまくりでした。幸せそうな親子の姿も描いてもらえて嬉しく、本になるのを楽しみにしております。

まだまだオメガバースです。やっぱり、堂々と溺愛できるのは楽しい。今回は、二人のお子様も添えて♡　基本、可愛くも逞しい受けが好きなのですが、たまに可憐な子を書くのもいいものです。溺愛の方向性がちょっと変わります。悠希の弟の悠真がとても可愛いので、次回は悠真の話を。アルファとベータの恋はどうなるのか――お読みいただけると嬉しいです♪

若月京子

作中で将宗にそっくり！
とあったので…ちょっとした
イタズラ心が暴走✧
すみません——;;
みょうじんつばさ 画
お、男前な
ゲップ出たな
よしよし✧
ポン
ポン
くすっ
誕生約1ヶ月でこの仕上り！
恐るべしDNA!!

会社員の眞幸は、いわゆる「御曹司」。周囲は「後継者候補から外れた」と噂していたが、本人は今の静かな生活が気に入っていた。ある日、高校の先輩である成彰からパーティーに誘われる。エリート起業家で多忙なのに、昔から自分を気にかけてくれる優しい彼に憧れていた眞幸。しかしその夜、なんと成彰に告白される！　「今まで通りでいい」と彼は言うが、それ以来甘い視線を意識してしまって!?

＊大好評発売中＊

初出一覧

純白オメガに初恋プロポーズ ………………… 書き下ろし
将希の初歩き ………………………………… 書き下ろし
あとがき ……………………………………… 書き下ろし

ダリア文庫をお買い上げいただきましてありがとうございます。
この本を読んでのご意見・ご感想・ファンレターをお待ちしております。

〒170-0013 東京都豊島区東池袋3-22-17　東池袋セントラルプレイス5F
(株)フロンティアワークス　ダリア編集部
感想係、または「若月京子先生」「明神 翼先生」係

この本の アンケートは コチラ!
http://www.fwinc.jp/daria/enq/
※アクセスの際にはパケット通信料が発生致します。

純白オメガに初恋プロポーズ

2021年6月20日　第一刷発行

著　者——
若月京子

発行者——
辻 政英
発行所——
株式会社フロンティアワークス
〒170-0013 東京都豊島区東池袋3-22-17
東池袋セントラルプレイス5F
営業　TEL 03-5957-1030
編集　TEL 03-5957-1044
http://www.fwinc.jp/daria/
印刷所——
中央精版印刷株式会社